◎ 相约名家 · "冰心奖"获奖作家作品

ZIQINGCHUN

# 紫青春

闵凡利 著

高长梅　王培静/主编

九州出版社 | 全国百佳图书出版单位
JIUZHOUPRESS

**图书在版编目（CIP）数据**

紫青春 / 闫凡利著. -- 北京：九州出版社，2013.5（2024.4 重印）

（相约名家·冰心奖获奖作家作品精选 / 高长梅，王培静主编）

ISBN 978-7-5108-2080-9

Ⅰ.①紫… Ⅱ.①闫… Ⅲ.①长篇小说 – 中国 – 当代

Ⅳ.①I247.5

中国版本图书馆CIP数据核字（2013）第084311号

**紫青春**

---

作　　者　闫凡利　著

出版发行　九州出版社

地　　址　北京市西城区阜外大街甲35号（100037）

发行电话　（010）68992190/3/5/6

网　　址　www.jiuzhoupress.com

电子信箱　jiuzhou@jiuzhoupress.com

印　　刷　三河市恒升印装有限公司

开　　本　710毫米×1000毫米　16开

印　　张　10

字　　数　144千字

版　　次　2013年5月第1版

印　　次　2024年4月第6次印刷

书　　号　ISBN 978-7-5108-2080-9

定　　价　49.80元

---

# 出版说明

冰心是我国现代文学史上著名的作家，她的儿童文学作品和散文在中国文学史上占有重要位置。

这里所说的"冰心奖"包括"冰心儿童文学艺术奖"和"冰心散文奖"。

"冰心儿童文学艺术奖"创立于1990年。创立以来，它由最初的单一儿童图书奖，发展为包括图书、新作、艺术、作文四个奖项的综合性大奖，旨在鼓励儿童文学作品的创作出版，发现、培养新作者，支持和鼓励儿童艺术普及教育的发展。其中，"冰心儿童文学新作奖"与"宋庆龄儿童文学奖"、"陈伯吹儿童文学奖"、"全国儿童文学奖"并称国内四大儿童文学奖。

"冰心散文奖"是一项具有权威的全国性的散文大奖。冰心生前曾是中国散文学会名誉会长，"冰心散文奖"是遵照其生前遗愿而设立的，旨在彰显我国散文创作的成就，不断评选出题材广泛、思想敏锐、着力表现现实生活，创作形式风格多样的优秀散文。"冰心散文奖"是与"茅盾文学奖"、"鲁迅文学奖"并列的我国文学界散文类最高奖项，也是中国目前中国散文单项评奖的最高奖。

《相约名家·冰心奖获奖作家作品精选》共收录近年来荣获"冰心儿童文学艺术奖"和"冰心散文奖"的三十位作家的作品。这些作品无论是小说还是散文，或抒写人间大爱，或展现美丽风光，或揭示生活哲理，或写实社会万象，从不同角度给青少年读者以十分有益的启迪。

随着中小学课程改革的深入与发展，让中小学生多读书、读好书早已成为共识。我社推出本套大型丛书，希冀为提升中国的基础教育、为青少年的健康成长尽一份力。

九州出版社

# 目　录

C O N T E N T S

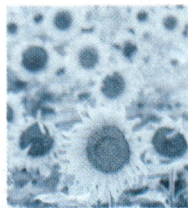

# 目 录
CONTENTS

## 上部
## 阿朵的向日葵
ZIQINGCHUN

# 第一章

阿朵接到父亲的电话，那时她刚见过一个叫王克的男生回到经理室。

阿朵先倒了一杯水，放到老板台上。看着茉莉花在沸水中盛开，飘出醉人的清香。想想今天见的这个叫王克的男人，阿朵暗自笑了笑。

这个男人是从澳洲回来的海归，今年44岁了。男人很绅士，也很直率。从见面到离开，都是男人在说。男人说了他的婚姻，说了他的爱好，说了他的打算。说起来，眼前的这个男生无论长相，还是谈吐，还是身后的一些背景，要说配阿朵，都是标准的般配。可不知怎么，阿朵总感觉，他和自己心中的那个叫伴侣的男人，总是隔着很长的距离。

刚从与王克见面的咖啡厅的雅座里出来，她的好姐妹亚菲跟了过来问：阿朵，怎么样？我敢说，在我给你介绍的这九个人中，综合各方面条件来说，这是最棒的一个！

阿朵对她笑笑。

一看到这笑，亚菲知道，又没戏了。亚菲就说：阿朵，像王克这样的男生你都看不上，你到底想要一个什么样的男生啊？

是啊，我到底需要一个什么样的男生啊？

阿朵也在问自己。站在自己的经理室里，阿朵走到了窗台前，眺望着这个到处是高楼大厦的城市，她在问自己到底怎么了，为什么这些男生看了一点都不心动啊？就在这个时候，她的手机响了。

是父亲的电话。

阿朵按下接听键。电话那端传来父亲急切的声音：朵儿，我是爸爸啊！

阿朵说：爸爸，有什么事吗？

听声音，爸爸很激动。爸爸说：朵儿，你知道我现在和谁在一起吗？

阿朵问：和谁在一起啊？

电话那头说：孙向阳。孙向阳呢！

孙向阳？哪个孙向阳啊？

就是你小孙叔叔啊！你忘了，你小孙叔叔！就是你每次回来每次都念叨的小孙叔叔！

一听是小孙叔叔，阿朵的心猛地动了起来，动得她很难受，她觉得脸也红了，心跳加快了，她好一会儿不知道自己该和父亲说什么。

父亲说：这不是乡里安排我们这些退休的老干部查体。我查完了，从医院出来，就遇到了你小孙叔叔。我和你小孙叔叔有二十多年没见面了，哎呀，都变了。变得我都不敢认了！……

小孙叔叔是她心里的一个结。

阿朵猛然明白自己为什么见这么多人看不上他们的原因，那是因为她心里有这个小孙叔叔啊。并且，小孙叔叔已像树一样郁郁葱葱，占据了她心里的所有空间，她怎能再往心里装人呢？！

阿朵从老板桌下的抽屉里掏出一个小盒子，盒子里有一个用纸包得很严实的物件，阿朵打开纸，里面躺着一张发黄的照片，照片上是一个瘦细的大眼睛女孩，站在一株向日葵下，在对着她看，大眼睛里盛满疑问，好像在问她：为什么啊为什么……

看着这双熟悉得不能再熟悉的眼睛，阿朵感觉，她已经进入到那个眼睛里。她的思绪也回到十四岁的那年——

那一年，阿朵记住了两件事。

一件是初潮。是初夏，阿朵去家前的地里割草。阿朵家喂了三头羊，一头老母羊，两头小羊。小羊是老母羊的羔儿，春天下的，不到两个月呢。但长得快，风吹似的。阿朵的娘说：羔儿长得这么快，多亏我家朵啊！

娘叫阿朵只叫一个字：朵。一到吃饭的时候，不见阿朵，娘就站在街上，扯着高嗓门，喊：朵，朵，家来吃饭喽！遇到人，就问：他叔，见俺家朵了吗？当然这是娘高兴的时候；娘气恼时，阿朵知道娘不这样叫自己，娘会咬牙切齿，说：小死妮子！当然，娘只有气急时才这么叫，叫完就把气撒了。还是叫朵的时候多。

那天，阿朵还是和往常一样割草。夏天才刚开了个头，嫩绿的小草刚抖落身上的土屑，正要好好蹿身子骨的时候。这时候的草儿羊儿最爱吃，吃起来像喝面条，头都没时间抬的。

昨天，阿朵割了一杈头，摁实的一杈头，到家没多大一会儿，就被三个羊儿吃了一少半。吃得那个欢，那个幸福，没法形容了。一夜过来，那杈头草剩下很少了。娘在阿朵吃早饭的时候说，朵，下午放了学，去地里再割一杈头。就割你昨天那样的嫩草。阿朵点了点头。娘说，朵，你好好地割草，等卖了小羊，娘给你买个新褂头，给你买个新书包。娘对这两个羊羔儿有打算，娘说，留那个花的，咱卖那个青的。阿朵知道娘为什么这么说，那个花的是个小母羊，青的是小公羊。花羊老实本分，常偎在老羊身边，默默地吃草或什么的，不像小青羊乱蹦乱跳的，特调皮。还有，小青羊爱吃嘴，常趁人不注意，偷吃点这了那了什么的。有次，娘弄了点豆子，想用碓窝子揣了烧糊糊喝。爸爸最爱喝了。爸爸在镇上的文化站上干，是站长，一个星期回家一次。每次回家，都让娘烧放了豆扁的糊糊喝。爸爸说，他最爱喝娘烧的豆扁糊糊了，一辈子都喝不够。每次爸爸这么说，娘就很有成就感，开一脸的笑容，很温馨，很甜蜜，当然也很幸福。

那次，娘把一瓢挑好的豆子放在院子的石台上，出去办了点事，回来后，发现小青羊正咯喽咯喽偷嚼豆子呢，已吃了多半瓢了。那时阿朵正在石榴树下做老师布置的家庭作业。阿朵上初一了，成绩在班上还是前五名呢！阿朵光顾着做作业，没注意调皮的小青羊。娘看到了，先吓羊，然后去看她的那一满瓢豆子。现在只剩下可怜的一少半。娘端着瓢，看着剩下的豆子，又看了看躲得远远的小青羊，娘先是狠狠骂了羊。娘指着小青羊说：小该死的，看我明天不把你卖了，喝你的羊肉汤！小青羊看样子知道错了，躲到老母羊的身后，把头低着，偷偷地拿眼看女主人，防着女主人打。女主人气急了，常用小树枝什么的抽打的。它挨过好多次了，不敢轻心，抽在身上好疼的。女主人这次是真生气了，胸脯气得青蛙一样一鼓一鼓的。娘知道小青羊是畜生，再骂也不解气的，就把脸转向阿朵。娘的话里带着火气，娘说：小死妮子，你眼瞎了！

阿朵说：我，我，我没看见。

娘哼了一声：什么都不管，小死妮子！

当然，娘还是叫朵的时候多。娘朵、朵地叫，叫得阿朵心里像春天的原野开满了花。那天，阿朵来到她常割草的地方。那是一个有一米多宽的水沟子，在麦地当中，扯东到西的。由于前几天麦子浇了返青水，水沟里还潮着，草儿长着密密一层，像是谁在水沟上铺了一层绿毯子。阿朵把铲儿贴着地皮，一点一点地推送。草儿虽然绿油油得胖，但那是胎旺，根是稚嫩的，不经铁器的推铲。阿朵越割越高兴，顾不得往权头里装，一小堆一小堆地放着。她的权头得要九小堆好能摁实地装满。当然，七小堆也能装满，但草得虚着。那是自己骗自己，阿朵知道，那样还是自己吃亏。虽然自己少割了，结果是羊少吃了。羊少吃了草就长不胖，长不胖就卖不出好价钱。卖不出好价钱还是自己吃亏啊。世上的事就是这样，明明看着自己赚巧了，实际上是自己吃亏了。阿朵年龄虽小，这个理还是懂的。所以无论做什么事从不喜欢自己骗自己。学习上，生字生题别人写一遍做一遍，她写两遍做两遍。老师叫做一遍的作业，有时她会多做一遍。

草儿的嫩香太好闻了，清凉而又甜津津的，怪不得羊儿喜欢吃呢，换了我是羊，也一样喜欢呢！阿朵仔细地割，望着那看不到头的草，想，这么多的草，够我们家的羊吃好久的啊！阿朵清楚，娘说了，卖了小青羊就该给我买个小花褂头了。最好买那种的确良的，布好，花也鲜亮。娘去年就想给我买的，因爷爷有病，没买成。娘说，明年吧，明年一定买。娘从来说话都是算数的，村里人都说娘，掉个唾沫砸个坑！

想到这，阿朵已经感觉的确良的花褂头穿在了身上。心里就一阵激动，激动得她的心热乎乎的，全身就有一种很舒暖的感觉。这时，阿朵觉得下身有点热，觉得一股热流小溪一样向外冲。她感觉内裤有点湿，湿得她难受。难受得想撒尿。阿朵站起身子，看看四周，远处的地里有三三两两的人在点播着什么，也许是春花生，也许是春玉米，或者是大豆、高粱什么的。阿朵知道自己要撒一泡尿了，忙褪了裤子，蹲下。可她一低头，看到内裤上红红的，都是血。再看裆处，还在滴滴地向外流。

阿朵从来没见过自己流这么多的血。她哇的一声哭了。这个时候，阿朵什么也不想了，就想快回家，快回家，告诉娘，她身上流血了，是从身体里流出来的，也许是自己内里有什么伤病，很重的，看样子活不成了……

阿朵忙收起铲，把草儿胡乱拾到杈头里，抹着泪回家了……


娘正在家里用簸箕簸着豆子。娘一会儿颠颠簸箕，把颠到边上的豆子用手摊薄，把掺杂在碎豆里的小沙粒、小坷垃什么的挑出来，娘干得很认真。明天是星期六了，爸爸一般是一个星期回家一次，可要是忙起来，得两个星期好能回来。现在单位不忙，都是星期六回来，回来过星期，用公家人的话说是休息。爸爸回家却是来干活的，都是重活，都是娘一个人不能干的重活。爸爸干得任劳任怨，再累，爸爸从不说什么。用娘的话说，爸爸回家是上班，去文化站上班才是休息呢！

阿朵回到家把草放下哇地哭了。娘放下簸箕，上前抱住阿朵问：朵，怎么了？怎么了？

阿朵说：娘，我、我快要死了。我、我、我活不成了。

娘说：朵，我的朵，怎么了？你怎么了？

阿朵摇了摇头，只是哭。

娘说：朵，到底怎么回事？你说啊，快告诉娘，你要急死娘呀！

阿朵用手指了指自己的裆处，阿朵说：不知怎么回事，那儿一个劲流血，流一路了，到现在还流。娘，我是不是快要死了呀，娘？！

娘这才注意看阿朵的下身，裆处被血沁得湿漉漉的。娘心里一惊，忙把阿朵拉到屋里，娘给阿朵褪下裤子，看到阿朵的羞处在往外滴着血，绽放着鲜艳。娘眼里露着刀子的寒冷，紧紧盯住阿朵问：告诉娘，谁、谁、谁欺负的你？

阿朵说没有，没人欺负。

娘说：真的？！

阿朵点了点头说：没人欺负我。我正割着草，就觉着这儿热，褪了裤子一看，都是血。

娘长出一口气，眼里的光柔了下来，说：我道是谁欺负你了呢。只要没人欺负你，就没事的。娘这么说着，又看看阿朵，叹了口气：没事的，朵，这个呢，是女人都要流血的。这叫例假，城里的女人把它叫月经。咱们这儿的女人呢都把它叫红。娘一边拿草纸给阿朵擦着一边说：不要怕，以后呢，你每个月都会来红的。

阿朵问：娘，我真的死不了？

娘说：不要怕，不会死的。

阿朵说：娘，你别骗我，我不相信！

娘笑了说：小傻妮子，人哪是那么容易死的？身上来红是每个女人都要有的，死不了的！你以后慢慢大了就会知道了，如果女人不来红，那才是个病，不好呢！

阿朵问：为什么啊？

娘的脸一红说：小傻妮子，现在说了你也不懂，你长大了，慢慢就会明白了。

阿朵噢了一声。

娘从柜里翻出一个物件，是一个眼罩一样穿插着几根红布条的东西。娘说：你先用娘的吧，娘下午就给你做个新的。

阿朵问：娘，这是什么？

娘的脸一红，一边往眼罩一样的东西里面塞着草纸，在草纸的上面又铺了一小层碎棉花，一边说：城里人把它叫月经带，咱们这儿都把它叫闺女扣。就是专门保护身上来红的。你看，这儿垫上草纸和棉花，你身上流的血都隐到草纸里了，就不会脏你的衣服了。

娘看阿朵还有些不相信，就接着说：流的这些血都是身上没用的东西，流了就流了，你不要怕的。娘也是前两天才来刚流完的。

阿朵问：娘，你怎么也流？

娘就笑了说：傻闺女，娘也是女人啊。

娘让阿朵仔细看着她怎么给眼罩一样的东西穿带子，娘说：朵，娘再给你做一遍，这些事是自己的事，是私事，以后得自己偷偷地做，你学着点，以后要自己做的。阿朵点了点头。娘接着把装好草纸的闺女扣贴住阿朵的羞处，然后把穿插的红带子给她系在腰上。

娘问：会了吗？

阿朵点了点头。

娘用手摸了摸阿朵的头，又仔细看了眼跟前的阿朵，是的，闺女的身子要长开了，胸前已开始出现两个小小的山包了。娘接着哎了一声。这声哎阿朵不知娘是为谁哎的。


这天晚上，娘给阿朵煮了两个鸡蛋。弟弟回家了，弟弟叫阿东。阿东想吃，伸手拿起一个。娘看到了说：阿东，放下！那是给姐姐吃的。阿东嘬着嘴，放下了。阿朵见了，拿起一个给阿东。阿东把双手背到身后，看着娘的脸摇头。娘说：朵，这是娘专给你煮的。是对你割草的奖励。

阿朵说：娘，我吃一个就行了，给弟弟一个。

娘生气了，娘说：不给，光知道跟狗子他们玩，一点活也不帮娘干点，不给！

阿东对阿朵说：姐姐，别给我。我不、不吃。给我我也不吃！……

## 第二章

第二天下午，爸爸回家了。爸爸最喜欢阿东了，一家来就抱阿东。阿东这次在爸爸怀里打起了娘的小报告。阿东说：爸爸，娘不疼我，娘有向有误。

爸爸问：娘怎么个有向有误？

阿东说：娘向着姐姐，误了我。

爸爸说：是吗，娘可是最疼你的啊！

阿东说：昨天晚上娘煮了两个鸡蛋，都给姐姐吃了，一个也没给我吃。

爸爸说：你娘也真是的，一人一个啊，怎么两个都给姐姐啊。太不像话了！

阿东说：就是，娘太不像话了！

爸爸说：不许你说娘的坏话。那样的孩子不是好孩子！

阿东头倔着，烧鸡似的，有点不服气。

晚上爸爸和娘在一起的时候，爸爸对娘说：你是当娘的，男孩女孩都一样，你可要一碗水端平，不能有向有误啊？

娘说：两个孩子都是我身上掉下的肉，我什么时间一碗水没端平？有向有误了？

爸爸说：你是个好母亲，这个我知道。所以我在外面工作起来家里特放心。

娘问：是不是东儿对你说昨天晚上没给他鸡蛋吃的事？

爸爸没有说是也没有说不是。娘说：我一猜就是，阿东这个小鬼头。

爸爸说：煮两个鸡蛋一人一个嘛，犯不着不给阿东吃。他还小嘛！

娘说：这事你也觉得我做得有向有误？

爸爸说：这不是秃子头上的虱子，明摆着吗？瞎子都会看出来的。

娘说：哎，我怎么给你说呢！

爸爸说：两口子，还有什么不好说的事？你说就是。我不会生气的。

娘说：咱朵儿，身上来红了。

爸爸不明白娘说的什么意思，问：什么来红了？

娘说：就是来例假了。

爸爸这回清楚了，说：朵才多大，身上就来了？

娘说：今年满十四了。

爸爸噢的一声，算是知道了，说：你是娘，应该交代她怎样处理。告诉她不要怕，这是很正常的生理现象，要跟人一辈子的。身上来红的日子里，要让她注意自己，少吃生、凉的东西。

娘说：这个还要你交代？我当天晚上就给朵做了闺女扣。并教了她怎么用。这些事啊，你就不要操心了，只问你工作的事就行了，家里的这一摊子，我会打理得好好的。就因朵身上来红了，我给她煮了两个鸡蛋，没有给东儿吃，东儿有意见呢！

爸爸说：我知道你是好老婆。你多煮几个就好了，朵儿和东儿都是小孩，你给东儿一个吃，他也不会说你有向有误了。

娘说：咱家的老母鸡歇窝这段时间了，家里就剩这两个鸡蛋。本来这两个鸡蛋我是留给你吃的。朵儿身上一来，我就煮给她吃了。她流了好多血呢，给她补补身子。

爸爸说：你做得对。你做得对！

接着爸爸就要了娘。娘这一次做得比较拘谨。不像以前那么放得开。完了后，爸爸像想起什么似的说：跟你商量个事。

娘问：你说就是，什么事啊？

爸爸说：我们站上的那个画画的小孙，你见过的。你感觉他怎么样？

娘说：小伙子长得一表人才的，不错啊！

爸爸说：这个小孙可有才了。他的画画得特好，这次他参加咱省的美展，获了个二等奖呢！

娘说：噢，那这个小伙子不错。

爸爸说：哎，你说把他介绍给咱后院的小芳妹妹，怎么样啊？

娘想了想说：要按长相，我看挺合适。小芳妹妹能干、漂亮，配小孙是没说的。可小孙是吃公家饭的，不知看上看不上小芳？

爸爸说：我觉得没问题。不然这样，你先给小芳说，我到下周六带着小孙来咱家，先让他们相互看一下，如果他们都没意见，你再给咱米婶说。米婶是小芳的母亲。

娘说：好，咱就先这样定。说完，娘就把脸埋在了爸爸的胸上，睡了——

娘和爸爸说这些的时候，阿朵是不知道的，阿朵那一天只是睡了，睡得很沉。在梦中，她发现自己走到一个深夜里，夜黑得伸手不见五指。她非常害怕。这时来了一双手说，来，拉住我的手，我领你到前面那个有灯的房子去。她就拉住那双手。那双手很有力，把她的手攥得紧紧的。她随着那双手向那个闪着灯光的房子跑去。灯光越来越近，前面的他也越来越清晰。他们跑到屋子里跟前。屋子的门大敞着。他们站到灯光里。他这时向她转过了脸——可就在这个时候，她醒了。她还沉迷在灯光的欢喜中。当她再仔细回味那个人的容貌时，她却模糊了，记不清了——阿朵想：怎么会这样呢？怎么会这样呢？

这时，阿朵听到有脚步的声音向她的房间走来。仔细听，是爸爸的脚步声。娘的脚步声啪啪的，很有力量，也很干脆。爸爸的脚步轻、柔，唯恐打搅人似的。爸爸在她的床前站了好大一会儿，以前爸爸每次这样看她的时候，都会用手抚摸一下她的头，可今天，爸爸把手伸出又缩回了，然后叹了一声。爸爸的叹声很轻。

阿朵不知爸爸这是怎么了。

# 第三章

初潮的时间不是很长，四天就结束了。阿朵的脸上又恢复了以往的笑容。还是和以前一样割草上学。只是，阿朵的梦比以前多了。梦里都是稀奇古怪的，但有一样阿朵弄不明白的是，她的梦里都有一个人，拉着她走、玩，当她想要看清他是谁的时候，他却消失了。他永远也不让阿朵看清。阿朵就觉得很怪，很可惜。

怎么会这样呢？怎么会这样呢？阿朵问自己。可自己却说不出答案。

阿朵还是继续着她的割草和好好学习。每天放了学，阿朵就挎起杈头去老地方割草。这天是星期六，阿朵知道爸爸要回家。就早早到地里割了草回家来做老师布置的家庭作业。

她从屋里搬出椅子，放到院子里的枣树下，坐在马扎上认真地做作业。作业快做完时，门外传来自行车的铃声，丁零零，很清脆。抬头看，爸爸进家了。爸爸身后跟着推车进来一个小伙子，细高挑，戴着眼镜，白白静静的，很文气。小伙子看到她，一笑，露出两个小虎牙。小伙子的笑很好看，阿朵一下子记心里去了。

爸爸看小伙子对女儿笑，就说：这是我女儿阿朵；这个呢你叫叔叔。叫小孙叔叔！

阿朵小声叫了声：小孙叔叔好。

小孙叔叔听阿朵这么叫，脸微微红了。就又对阿朵一笑，然后点点头，算是给阿朵打了招呼。

爸爸问：朵儿，你娘呢？

阿朵说到南坡麦地了。

爸爸说：朵儿，去喊喊你娘，好吗？

阿朵说嗯。

阿朵才要收拾书本，爸爸说：你不要去了，南坡的麦子从耩上到现在我一直没进过地呢。我去看看长得怎么样。你好好做你的作业，我去吧！

接着爸爸对小孙叔叔说：你稍等，我去叫叫你嫂子。说完就出去了。

小孙叔叔搬了个板凳过来坐在阿朵的身边，看阿朵做作业。阿朵觉得有双眼睛看着她，就不自在，心也就跳得快。阿朵就想把字写得板正好看些，可越写越不如意，不免焦急起来。她不好意思地看了小孙叔叔一眼，小孙叔叔正仔细看她做的作业，见她看他，就对她笑了一下，这次离得近，阿朵看到，小孙叔叔笑的时候，脸上有两个浅浅的酒窝，很好看。看着酒窝，阿朵想，小孙叔叔的酒窝怎么这么熟悉，好像在哪里见过啊？

阿朵想，不会吧，我是第一次见小孙叔叔，以前没见过的。真没见过的。虽这么想，但酒窝还在心里晃悠，真的很熟悉，就是想不起来了。

小孙叔叔不知阿朵在想什么，但他看出了阿朵的紧张，就说：你的字写得真好啊，横平竖直的，真干净！

听了小孙叔叔的夸奖，阿朵心里甜滋滋的。脸上有了些红晕，阿朵就觉得脸有些烧，心有些发慌。

小孙叔叔问：上几年级了？

阿朵说：初一。

小孙叔叔说：看你写的字和你的作业，我就知道，你在班上一定是尖子生！

阿朵想：小孙叔叔的眼真厉害，一看我的字就知道我在班里是尖子生。阿朵想，小孙叔叔要再问，我就告诉他：我在班里是前三名呢！

小孙叔叔没再问，只是又转过脸看了看她们家空空荡荡的大院子。阿朵家在村子的南边，院子里的靠南墙处有一小块长地。小孙叔叔指着那块地说：哎呀，前面这片地什么都没种，太可惜了！

阿朵知道小孙叔叔说的那块地，就说：娘想在那块地里种些草花。一到夏天，开一院子，多好啊！

小孙说：种花是不错。要是我，干脆就都种上向日葵。向日葵又开花，又结果的。既是花，有果，还是树，夏天能遮太阳。要在院子里种上几棵，那太好了！

阿朵说：叔叔说得对。可我们没有种子啊！

小孙叔叔说：我家里去年种了好几株。我留着种子呢。你要真想种，我下次给你捎来！

阿朵说：好，那我就谢谢叔叔了——

正说着，爸爸和娘来了。小孙叔叔忙站起来，叫了声嫂子。

娘满脸漾着笑。娘说：小孙兄弟，让你久等了，不好意思啊！

爸爸说：你快去和小芳妹妹说一声，不行就让他们在咱们家见面吧。

娘说：你走的第二天我就给小芳妹妹说了。小芳妹妹说，什么时候来，让我叫她。

爸爸说：给米婶说了吗？

娘说：还没呢。等他们见过面再说吧。

爸爸点了点头。

娘忙给小孙叔叔倒了杯白开水，接着出去了。

爸爸一看是白开水，问阿朵：家里没茶叶了？

阿朵说：我不知道。

小孙叔叔说：我不渴，站长，你别麻烦了。说着忙用手去制止爸爸。爸爸不好意思地笑了笑，说：那就喝白开水吧！

这时，娘进了院门。身后跟着小芳姑姑。小芳姑姑长得俊，细高挑，瓜子脸，电影明星似的。阿朵就仔细地看小芳姑姑。小芳姑姑的脸稍有些红，头低着，看见阿朵，就说：朵，做作业了？

阿朵说是的姑姑。阿朵发现小芳姑姑跟她说话的时候眼睛往屋里瞟，说完话直接跟着娘进屋了。

小芳姑姑进屋没多大一会儿，爸爸和娘都出来了。小芳姑姑没出来。爸爸和娘来到了阿朵身边。爸爸看阿朵的作业。爸爸看着看着就说：朵儿的字写得就是漂亮，再好好写就能赶上你小孙叔叔了！

娘问爸爸：你说，他们两人怎么样？

爸爸沉思一会儿说：我看有个八九成。

娘说：我看也是。我看到小孙看见小芳妹妹时，眼睛有点呆了呢！

爸爸笑了说：就你的眼刁。哎，千里姻缘一线牵，就看他们的缘分了！

阿朵的作业写完了，她收拾好课本和作业。间爸爸：小芳姑姑怎么没出来啊？

娘说：小傻妮子，你小芳姑姑和你小孙叔叔在对象呢！

阿朵问：对象就是把两个人单独关在一个屋子里？

娘说是啊，不然，怎么就叫对相了？

爸爸看阿朵问得这么傻气，就用手抚摸了阿朵的头。阿朵知道，爸爸把他想说的话，用他的手告诉她了。


小芳姑姑和小孙叔叔在屋子里的时候，阿朵觉得心里不好受。不知怎么回事。她总感觉小芳姑姑不来，小孙叔叔要和自己在一块说话的。阿朵好喜欢和小孙叔叔在一块说话。小孙叔叔的语气轻缓，有磁性。对了，小孙叔叔的酒窝太好看了，好像在哪里见过啊。阿朵猛然想起她的梦……身上来"红"时候做的梦：她被一个人拉着不停地跑……是往一个有着灯光的地方跑……跑到灯光里……她抬起来看他……她当时看到了……对，就是那个酒窝。是的，和小孙叔叔的一模一样。是的，是小孙叔叔的！

阿朵想到这儿心里扑腾扑腾慌跳起来，她怯怯地向屋里望去，屋里传来隐隐约约的声音，看来是小孙叔叔和小芳姑姑在低声说着什么。阿朵有些羡慕小芳姑姑。能单独和小孙叔叔在一起，是一件很美好的事情。想到这儿，阿朵感觉脸有些热，偷偷拿眼看爸爸和娘，爸爸和娘在说着一些小孙的话。爸爸说：小孙以后会有出息的。小伙子有才气，能干，小芳真的愿意了，以后受不了罪的。

娘说：谁知小孙看上看不上小芳呢，小芳虽然长得漂亮，可毕竟和我一样，是个农业社的土腿子呢！

爸爸说：小孙不是那样的人。他给我说过，只要相中人了，他是不会在乎什么非农业不非农业的。

娘问：小孙真这样说的？

爸爸说真是这样说的。

爸爸和娘正说着，小芳姑姑红着脸出来了。她给娘打了个手势。娘会意,跟了出去。

小孙叔叔也出了屋门。爸爸迎了上去。阿朵这时正好进屋放书包。听爸爸问小孙叔叔:小孙啊,我的这个妹妹怎么样?

阿朵转脸看着小孙叔叔。小孙叔叔脸有些红,他不好意思地笑了说:不错,真的不错!

爸爸问:相中了吗?

小孙叔叔点了点头。

爸爸说:我这个妹妹心气很高的。她看上你还是看不上你,还得等你嫂子回来好能知道。

小孙叔叔说:嗯,是的。我等等嫂子。

没多大一会儿,娘满面春风地进屋了。爸爸看娘进屋忙站起来问:小芳怎么说的?

娘先没说小芳姑姑是怎么说的,就说:小孙啊,看上我这个妹妹了吗?

小孙叔叔点了点头,说:嗯。

娘说:可小芳妹妹对你还有些不是很满意。

小孙问:我什么地方做得不好?我可以改正!

娘说:你没有什么地方做得不好,小芳说的是感觉。多亏我好说歹说,小芳才勉强答应了。说先和你处处看,看你的表现,要好,就考虑嫁给你;要不好,那就不好说了。

小孙叔叔听了说:好,我一定好好表现!

娘说:任何事都不能一口吃个大胖子,处对象也是这样。只有好好地处,千万别把自己看得高,把自己当成是吃公家饭的。

小孙说:这个我知道。

娘说,前几天,小芳她姑姑给她介绍了城里一个供销社主任的孩子,那个孩子长得也不赖,就是一张口说我们城里我们城里的,小芳就没愿意他。

小孙叔叔说:你放心,我不会说伤小芳的话的。

娘说：过几天你再来一趟，我把你领着见见小芳的父母。

小孙叔叔说：好，嫂子，什么时候来，我听你的就是！

# 第四章

小孙叔叔要走了。阿朵和爸爸、娘把他送到村子口。小孙叔叔对娘说：嫂子，我和小芳的事，就拜托你了！

娘说：你放心，包在我身上了！

小孙叔叔不好意思地笑了。他看了看爸爸，又看了看娘，最后把目光看向了阿朵。他发现阿朵正瞪着一双大眼睛看着他，阿朵都有些把自己看呆了。小孙叔叔上前把她的头发给她抹到了耳后，说：阿朵，头发乱了。

阿朵说谢谢叔叔。

小孙叔叔说：不要谢。然后对她一笑，说：阿朵，再见！

阿朵感觉到小孙叔叔的手很软很柔。抚在脸上很美妙。美妙得很幸福。阿朵就觉得脸上发烧。她明白自己开小差了，好在爸爸和娘没有注意到她，她就觉得脸烧得她难受，说：叔叔再见！

当小孙的背影在远方的路上消失的时候，爸爸和娘才把目光收回，爸爸说：回吧。娘说：说不定小芳正在咱家门口等着咱们呢！

爸爸笑了，说：嗯！

还真叫娘说准了，他们前脚推开家的门，小芳姑姑后脚跟了进来，蹑手蹑脚的，像贼一样。娘一回头，说：我就知道，你这鬼丫头沉不住气！

小芳姑姑说：谁沉不住气？

娘说：就是嘴硬，我告诉你，人家小孙没看上你！

小芳姑姑的脸登时长了，头低下了，小着声音问：真的？！

娘大大咧咧地说：我说过假话？没相中你！

小芳姑姑哎的一声，眼里就有了些水雾。

看着小芳姑姑那可怜的样子，娘扑哧笑了。笑声很响，很开心。

小芳姑姑见娘笑，什么都明白了，她举起拳头要打娘的脊背说：坏嫂子，你骗我你骗我！

爸爸过来了，爸爸说娘：你呀，怎么骗小芳呢，给小芳实话实说！

娘说：不是给小芳妹妹闹着玩吗！小芳妹妹，给嫂子说实话，相中这个小伙子了吗？

小芳姑姑点了点头。

娘问：真相中了还是假相中了？

小芳姑姑说：我什么时间给你说过假话啊？

娘说：这可是一辈子的事，老俗语：种不好麦子是一季子，找不好对象是一辈子。说这句话可要对一辈子负责。嫂子再问一遍，到底相中了没？

小芳姑姑的脸就红了，点了点头。

娘说点头不算，我要听你说出来！

小芳姑姑说：坏嫂子，人家不理你了！

娘把脸仰得高高地说，我正巴不得没人理呢，那样，我就不用两头忙了，不用来回磨鞋底了！说呀，嫂子听着呢！

小芳姑姑看娘这么说，其实也知道了一切。但她还是想听嫂子说出来。就说：人家相中了吗！知道了还让人家说，真坏！

娘说：嗯，小孙说了，你，虽然还是个农业社，但农业社怕什么，他不就是从农业社里考学走出去的吗？！

小芳知道嫂子在作弄她，看阿朵在，就偷偷地趴在阿朵耳边问：朵，告诉姑姑，小孙叔叔怎么说的，他看上姑姑了吗？

阿朵说：嗯，小孙叔叔看上你了，让娘好好的给你说呢！

小芳姑姑对娘说：怎么样，不给我说我不也知道了！坏嫂子！坏嫂子！

娘哈哈大笑。爸爸过来了说：别闹了，别闹了。小芳，哥哥问你，你对小孙没意见吧？！

小芳说嗯。

爸爸说：是这样的，如果你相中了，我过几天让小孙到你家去，让你家米婶和清叔再看看，好不好？

小芳说嗯，我听哥哥的。

小芳说话的声音甜甜的，亮亮的，百灵鸟一样的，很好听。

小芳姑姑说这些话的时候，脸上荡着粉色的云彩，使她那张瓜子脸更加俏丽和俊美。阿朵想，小芳姑姑真的好美，她要是小伙子，也一定会爱上小芳姑姑的！阿朵在心里为小孙叔叔高兴，真的，小孙叔叔找这么漂亮的小芳姑姑做老婆，真是一件美好的事啊！

虽替小孙叔叔高兴，阿朵心里还是隐隐约约有点空，到底为什么空，阿朵也不知道。

# 第五章

没过几天，小孙叔叔又来了。这次也是礼拜六，也是下午，阿朵也是在家做老师布置的家庭作业。先是门外传来车铃声，门开了，爸爸进来，接着小孙叔叔进来了。这次，小孙叔叔买来一兜水果，还有两袋糖果什么的。小孙一进门看见阿朵就先给阿朵笑了。小孙叔叔的笑真的很好看，阿朵一辈子也忘不了。小孙叔叔说：阿朵，做家庭作业呢？

阿朵说，嗯！

小孙叔叔又好车子，娘从屋里出来了，娘说：哎呀，来就是，买什么东西啊！

爸爸问娘：米婶和清叔都在家吗？

娘说：都在。刚才米婶来了一趟，问怎么还没来，看样有点等急了。

爸爸说：我就知道等躁了。临来的时候，乡长把小孙喊过去安排个活，耽误一个多钟头。不然，早就来了。

娘说：这样吧，咱们快点过去吧，别让米婶和清叔等急了！

爸爸对小孙叔叔说：跟着你嫂子过去吧。他们都在等着你呢！

小孙叔叔说好。

娘又仔细看了看小孙叔叔，把他身上衣服有点皱褶的地方拽了拽，说：米婶问什么就说什么，大方点，别不好意思。

小孙叔叔点点头说知道了。

小孙叔叔跟着娘去了小芳姑姑家。临出家门的时候，小孙叔叔回头看了一眼阿朵。阿朵不知小孙叔叔为什么回头看她，就很认真地看着小孙叔叔。小孙叔叔见阿朵在看着他，对着阿朵笑了一下。笑得有些害羞，脸还有些红，当然，是微微的，还有些腼腆，内里还有一些歉意什么的。总的来说，这个笑看出了小孙叔叔的内心很爽意，很阳光。

阿朵知道，这个微笑是小孙叔叔专给她的。能有小孙叔叔给的这么一个微笑，阿朵想，今天一定会做一个很好的梦。阿朵心里猜思，难道，小孙叔叔知道她心里是怎么想的了？

不会吧，小孙叔叔怎会知道我心里是怎么想的呢？他又不是我肚子里的蛔虫。阿朵不明白，不知为何，她看到小孙叔叔心里就发慌，还有些抖、颤什么的，自己一个小孩子家的，怎么会这样呢？看到小孙叔叔跟着娘要出门，她有些异想天开，心里说，小孙叔叔要是能给我回头一笑，那该有多好啊！

小孙叔叔真的回过头来，对她笑了一下。看样子小孙叔叔有些紧张。小孙叔叔也知道自己紧张，看到阿朵在看着他，小孙叔叔说：阿朵，好好做作业啊！

阿朵说嗯，然后使劲地给小孙叔叔点点头。

人就都随着小孙叔叔的离去而离开了。阿朵瞬间感觉家里空旷起来，像冬天村外的田野。虽然爸爸还在屋里忙着什么，但阿朵感觉家里空得像倒净水的茶缸。空得她气发短，心发虚，异常难受。看自己刚做完的作业题，也是非常陌生，好像已离家几十年的亲戚。阿朵不知自己这是怎么了，就觉得随着小孙叔叔的离开，心一下子被小孙叔叔摘走了。

怎么会这样呢？阿朵想，我的心为什么会跟着小孙叔叔走了呢？

阿朵不知这是怎么回事，怎会出现这种状况呢？阿朵的整个心里都是担心。当然这担心是为小孙叔叔的。米婶是小芳姑姑的母亲，阿朵叫米奶奶。米奶奶这个人很不好说话的；还有清爷爷，也倔得很。他们会看上小孙叔叔吗？小孙叔叔虽然工作好，长相也不赖，但小孙叔叔太文弱了。米奶奶一直想给小芳姑姑找一个膀大身宽、有力气、能干活的，在这一点上，小孙叔叔绝对不符合米奶奶的口味。米奶奶如果说不愿意小孙叔叔，小孙叔叔还不痛苦死？！小孙叔叔看样是喜欢上小芳姑姑了，是真心喜欢。要是那样，小孙叔叔还不伤心死？我是不想看小孙叔叔伤心的，要伤心，那还不如让我伤心呢！

阿朵就怨爸爸和娘，为什么不早把自己生下来，能和小芳姑姑一般大那该有多好。要是小芳姑姑真的不愿意小孙叔叔，那，那，那我就嫁给小孙叔叔。我给小孙叔叔当媳妇！想到这儿，阿朵就觉得脸发涨、发热，自己在心里偷偷地说自己，小死妮子，好不知羞啊。你才多大啊？这样一想，阿朵觉得脸更烫了。

爸爸这时出来了。爸爸一来到家就先打扫屋里的卫生。爸爸爱干净，不允许屋里有一星点脏。爸爸把扫帚挂到大门后的钉子上，来到阿朵跟前，爸爸看到阿朵的脸红扑扑的，问：朵儿，怎么了，别是感冒了吧？！

阿朵还沉迷在自己的想象里，听爸爸这么说，做贼被捉似的，忙摇摇头。摇得很慌。爸爸不信，用手背试试阿朵的额头，不热啊，爸爸问：身上有什么地方不适吗？

阿朵也摇摇头。

爸爸说：那就是犯食。你妈回来我让她给你买点食母生，那是打食的药。

阿朵说谢谢爸爸。

爸爸说：看朵儿的脸这么红，爸爸吓一跳呢。爸爸以为朵儿病了呢！

阿朵说：爸爸，我没事的！

爸爸说：嗯，爸爸的朵儿身体棒，怎么会有事呢！作业做完了吗？

本来阿朵已经做完了，但阿朵想在家里看着小孙叔叔回来，就说：快了，还有一点点。

爸爸说：朵儿一定要好好学，以后好考大学。考上大学就会和你小孙叔叔一样，离开农业社了！

阿朵就给爸爸点头。阿朵说：爸爸，我一定好好学！

这时门外传来纷乱的脚步声。脚步声里夹杂着娘的声音。爸爸说：你娘和你小孙叔叔回来了。说着爸爸到门口，迎头遇到娘和小孙叔叔。看娘那高兴的模样，爸爸什么也没问，就知道结果了……

# 第六章

　　小孙叔叔要回去了，小芳姑姑要送的。小芳姑姑有些害羞，非拉着阿朵陪着。娘不让，娘说：有朵跟着，你们就说不了知心话了，再说，朵跟着，碍你们的眼呢！

　　娘说这话是笑着说的，小芳姑姑就有些恼了，当然是假装的。小芳姑姑用她的小拳头打娘的后背说：嫂子坏！嫂子坏！

　　小芳姑姑霸道地说：就要朵儿去。就要朵儿去！

　　小孙叔叔也说：朵儿的作业做完了吧，就陪陪你姑姑，好吗?

　　朵儿其实想去，她想和小孙叔叔在一块。她觉得和小孙叔叔在一块是一件快乐的事。虽然有些紧张，有些脸红，但心里还是想。在一块什么不说也没关系，就是陪着默默地走，也很什么呢? 阿朵一时想不出这个词了。直到若干年后，阿朵和自己最爱的他在一起散步，她才猛然明白：那个词就是幸福。可惜，当时，她，没有想出来。

　　爸爸说话了：就让朵儿陪着小芳吧，回来的时候，好和小芳做个伴。

　　爸爸一这么说，娘不好说什么了。小芳姑姑就给娘做个鬼脸。娘狠狠地骂：小死妮子！

　　阿朵陪着小芳姑姑踏上送小孙叔叔的路程。那时天有些暗了。太阳悄悄地收起光芒，往西山躲了。小孙叔叔推着自行车，小芳拉着阿朵的手，踩着夕阳的余晖，三个人默默地走。

出村很远了，三个人谁也不先说话。只是默默地走。小孙叔叔看了看在远处黑成一片的村子说：停吧，不然，你们一会儿回去要害怕的。

小芳姑姑停了。小孙叔叔说：你家的两个老人很和善。

小芳姑姑说：有时，他们的脾气也怪着呢！

小孙叔叔说：你也知道，干我这行的，是没多大能力的。

小芳姑姑说：不要你有多大能力，以后结了婚，只要你顾家就行。

小孙叔叔说：你跟了我，就怕要吃很多的苦。

小芳姑姑说：我是农业社的，吃苦受累我都不怕。

小孙叔叔看样子是感动了，说：你放心，你跟了我，我向你保证，我虽然不能让你吃好，但我能让你吃饱；我虽然不能让你穿好，但我能让你遮体；我虽然挣不了大钱，但我不缺你的零花钱。

小芳姑姑说：我其实要求很低的，只要能找个我相中的，一辈子不受气就中！

小孙叔叔说：我保证，我一辈子不会让你受气的！——

小孙叔叔和小芳姑姑越说两人就越挨得近，本来阿朵在中间的，渐渐地，阿朵就从他们中间被挤出来。阿朵也知趣，慢慢和他们隔开一小段距离。阿朵就在路边玩野草什么的。开始两人的声音还大些，后来越来越小，阿朵仔细听，还是听不出两人说的什么，但从表情上看，说的肯定是很熨帖的话，两人都很陶醉。阿朵的心就有些酸酸的，阿朵想，假如我像小芳姑姑这么大，像小芳姑姑这么漂亮，也许今天和小孙叔叔在一块的就不是小芳姑姑了。

看着两人那越贴越近的身影，阿朵怨恨起爸爸和娘来，为什么你们不把我早生出来啊。如果你们早生了我，早把我带到人世，能长得和小芳姑姑一般大，也许今天和小孙叔叔说这些话的就是我了。你们为什么不早结婚呢？阿朵也有些想不透爸爸和娘了。

天渐渐黑了，开始浅，后来就深了。星星贼似的眨着眼睛。看着小孙叔叔和小芳姑姑越说越不舍离开的样子，阿朵看了看天。天黑得很厚了。阿朵不由替小孙叔叔担心，天这么晚，小孙叔叔还有一段回家的路。路很长的，十几里呢！姑姑怎么会忘了呢？阿朵明白小芳姑姑已经真的喜欢上小孙叔叔了。真喜欢和假喜欢不一样。真喜欢一个人，是喜欢和他在一起，待再久也不觉得时间长；不喜欢一个人，和他待一会儿就觉得一年似的。她阿朵是真喜欢小孙叔叔。小孙叔叔坐在她身边看她做作业，坐了有十几分钟，她就感觉一眨眼似的，泥鳅一样一下子滑走了。

阿朵知道该提醒一下小芳姑姑了，虽然她也喜欢小孙叔叔，喜欢和小孙叔叔在一起，可天晚了，小孙叔叔回家她会担心的，怕在路上出了事。作为小孙叔叔这么大的人，阿朵明白是不会出什么事的，可就是担心，好像自己的一颗心都在了小孙叔叔身上。阿朵不知自己这是怎么了。

怎么会这样呢？阿朵暗暗想，我还是个黄毛丫头，自己怎么会有这样的念头呢？难道我是喜欢上小孙叔叔了吗？可这是不可能的啊，他和爸爸是好朋友，还叫娘嫂子，又是小芳姑姑的对象，和我相差七八岁。再说了，我是小孩，他是大人，不可能的啊。自己怎会有这想法呢？

阿朵就觉得心里的念头像刚出骨朵的花儿，这个花是开不出什么好花、结不出什么好果的，唯一的办法就是掐掉。你看，小芳姑姑和小孙叔叔在一块儿多般配啊：无论身高、长相还有什么的，都是天造地设的一对！阿朵明白自己，这是不可能的。阿朵就想，不可能的自己为什么还要想呢？自己是不是太混账了？

阿朵想自己这么小，小孩子是不能混账的。这么小就混账，以后还有很长的人生，那不混账死了。一定不能混账！

小芳姑姑和小孙叔叔的话好像没有够啦，还没有走的意思。阿朵觉得自己的肚子有些咕咕叫了。隐隐约约，阿朵听到村子的方向传来娘唤她的声音。一到黑，娘找不到她，就会扯着大嗓门满街满巷地喊：朵，朵，朵来，回家吃饭了！

娘的声音像长了翅膀的鸟，扑棱棱地满村子乱飞。阿朵的耳朵针尖似的，娘的声音很好捕捉，像飞不快的麻雀。娘一这么喊，阿朵就知道娘的晚饭做好了，在等她回去吃呢！

阿朵觉得肚子有些瘪了。今天自己放学就开始写作业了，写着作业的时候小孙叔叔就来了。以前她放学回家都是先到饭筐里拿煎饼吃的。煎饼是娘烙的，是麦子磨的。娘烙得很薄，纸似的。卷好，里面夹些咸菜或葱白什么的，好吃死了。阿朵觉得这是天下最好的美食，一辈子吃不够。她不喜欢吃馒头。她觉得馒头没筋骨，很孬，叛徒似的，就像《在烈火中永生》电影里的甫志高，怎么嚼也嚼不出味道来。娘说她不是享福的命。享福的人顿顿都爱吃大馒头，吃不够的。

她也许不是享福的命，就爱吃麦子煎饼，特别是石磨磨的麦子烙的煎饼，里面加上豆子什么的，好吃得不得了。

一想煎饼这个话题，阿朵就觉得嘴里向外漾酸水。娘的声音越来越清晰，随着炊烟的飘荡，飘得一个田野满满的。

小芳姑姑也听到了，她叫了句朵。阿朵回了声哎。小芳姑姑问：别乱跑，咱们这就回。

阿朵说：嗯。

小芳姑姑说：我听到你娘喊你回家吃饭了。咱们这就回，别让你娘挂牵！

阿朵说：有话你就快说姑姑。娘看样等急了呢！

小芳姑姑说嗯。小芳对小孙叔叔说：你，那就回吧，咱们抽时间再见面，好吗？

小孙叔叔说：好。你有时间去乡里就是。

小芳姑姑说：有时间我会去找你的。

小孙叔叔用手又把阿朵的头发抚到耳后说：谢谢你，阿朵，谢谢你陪你姑姑！

阿朵说：不要谢，叔叔。天晚了，你要再不回，天会更晚的。

小孙叔叔说：嗯，我这就回了。小孙叔叔对小芳姑姑说：那，我回了？！

小芳姑姑说：你回吧，路上注意，骑慢点。

小孙叔叔说：我晓得。你们也回吧。对了，我先送你们回村。

小芳姑姑说：不要，你的路远，你回吧，我和阿朵不怕的。

小孙叔叔说：不，一定要送的，天这么黑了，不送你们到家，我不放心的。就是回到家，我也一夜睡不好觉的。

小芳姑姑说：那，好吧。

小孙叔叔就推着自行车送小芳和阿朵踏上回村的路。这段路还真够远的。刚开始的时候怎么走着不觉得远呢，现在觉着了。阿朵是觉着了。看小孙叔叔和小芳姑姑，两人一点也不觉得远，他们巴不得一辈子这么走下去呢！

已到了村子的边上。小芳姑姑说：到村了，你，回吧！

小孙叔叔说：好。那，我，回了？！

阿朵说：叔叔，回吧。

小孙对阿朵一笑。天虽然黑着，虽然看不见小孙叔叔脸上的表情，阿朵知道小孙叔叔一定是笑着的。阿朵也知道，小孙叔叔的笑一定很甜！

# 第七章

这个星期天，爸爸回来了，爸爸的脸色不好看。一进家爸爸就问正在做作业的阿朵：你娘呢？

阿朵说：娘刚刚出去，我看是端着瓢出去的，八成去米奶门口踹豆扁子了。米奶门口有个石头碓窝子，踹个豆扁、地瓜干什么的，大家都到那儿去。

爸爸噢了一声。

阿朵继续做她的作业。没过多大一会儿，娘端着瓢进家了。娘真的去踹豆扁子了。爸爸听见娘进家，忙从屋里出来了。

娘看到爸爸，脸上开满笑，说：回来了？

爸爸说：你过来，跟你说点事。

娘看爸爸的脸严肃着，没有说什么，就进屋了。看爸爸的那神情，阿朵知道要有什么事发生。爸爸回家的时候从来都是笑容可掬的，哪有这么严肃的神情？这样的神情阿朵长这么大见到的次数不多。阿朵装着去屋里拿东西，走到门口，听爸爸说：我看，小孙和小芳的事，八成要黄。

娘说：不是说得得好好的吗？怎么回事？！

爸爸说：今天乡党委秘书老葛到我那里，让我给小孙提门亲。

娘说：你没给老葛说你给小芳提了？

爸爸说：你忘了我去年跟葛秘书闹过矛盾？我怎么能给他说小芳的事？我说好啊，我问女方是谁？你猜是谁？

娘说：谁？葛秘书的亲戚呗！

爸爸说，不是，是乡里一把手王书记的外甥女。王书记托葛秘书来找我。你说，我能说跟小芳刚见完面这个事吗？

娘说：你怎么说的？

我说好，我就把小孙叫到屋里，当着葛秘书的面，我就把他来的目的给小孙说了。

娘胎问：小孙怎么说？

爸爸说：小孙也没说什么。葛秘书说，那就让他们见见面。女方在乡卫生院当护士。我见过的，长相一般化，可是非农业，家庭条件比小芳好。老葛也当着我的面给小孙说了，说小孙要是愿意这个媒，下一步将会前途无量。

娘问：那，那小芳怎么办？

爸爸说：你不行先给小芳过个话，好让她有个心理准备。好在刚认识，还没多接触，感情还不是多深，不愿意也就是不愿意，不是多揪心。

娘说：你看你这事办的！这不是半吊子办事吗！哎，这话怎么开口啊？！

不行先这样，爸爸考虑一会儿说：现在先不要给小芳说，再等等，等小孙和一把手的外甥女见完面，我再用话套套，看小孙到底想愿意谁再说。

娘说：那，那，那只好先这样了——

晚上，小芳姑姑过来了。爸爸正在屋里写着文化站的材料。娘给阿东缝着开裂的裤裆。小芳姑姑纳着鞋垫。小芳姑姑问娘：小孙穿多大的鞋？娘说：我怎么知道？问你哥，他们在一快工作，知道脚的大小。

小芳姑姑问：哥，你知道小孙穿多大的鞋？

爸爸看样是知道。有一次，爸爸穿着很脏的鞋子回家让娘洗。娘问怎么回事，把鞋穿得这么脏？爸爸说：我让小孙穿了，我们打扫文化站的环境卫生呢！娘问小孙能穿你的鞋？爸爸说，我们俩的脚一般大，都穿一个型号的呢！

可这次爸爸却没告诉小芳姑姑。爸爸只是说：哎，我还真的没问过呢。不然这样，我回去问问，下个星期回家的时候再告诉你。

小芳姑姑说：行，哥哥千万别忘了呀！

爸爸说：你放心，忘不了的——

没过两天，小孙叔叔来了。小孙叔叔不是和爸爸一块来的，是自己来的。这次小孙叔叔的脸色不是多好看。当时，阿朵刚从地里割草回来。娘也去地里了。小孙叔叔看到阿朵也笑了，但这个笑不如以往的笑那么喜悦，那么感人，那么货真价实。这个笑是个应酬，礼节似的。阿朵脸上的汗一道一道的，肯定像京戏里的大花脸。阿朵看到小孙叔叔有些慌，心想，自己的这个面容怎能见小孙叔叔呢，太丑了呢！小孙叔叔看了会恶心的！可小孙叔叔丝毫没有嫌弃阿朵的脏。小孙叔叔说：阿朵，你娘呢？

阿朵说：去南坡地里给麦子打药呢。

小孙叔叔说：阿朵，给我叫叫你小芳姑姑，好吗？

阿朵说：我刚才在地里和小芳姑姑一块回来的。小芳姑姑刚才给麦子打药呢。现在在家呢！

小孙叔叔说：阿朵，那就有劳你了！

小孙叔叔这样求自己，阿朵一下子感觉自己很了不起，就说：嗯，你等着，我去叫。

小孙叔叔说：对了，悄悄地告诉你小芳姑姑，好吗？

阿朵说：嗯，你放心。


不一会儿，阿朵回来了。阿朵说：小芳姑姑正在换衣服呢。她让你稍等一会儿。

小孙叔叔听了，用手抚摸了一下阿朵的头说：谢谢你，阿朵！

小孙叔叔的手好热，摸在头上，阿朵觉着全身的血都翻腾起来。阿朵有一种想哭的冲动。不知怎么了，阿朵觉得眼角有些湿。小孙叔叔发现了，有些惊讶，问：阿朵，你，你怎么了？

阿朵知道自己开小差了。老师在上课的时候是不允许学生开小差的，常开小差的人成绩是不会好的。是得不到老师的夸奖的。阿朵忙说没什么，有个虫子飞眼里了。

小孙叔叔说，我给你翻翻眼皮吧！

阿朵说没事的没事的。一会儿就好了。其实阿朵喜欢小孙叔叔给她翻眼皮的。可她有些怕，到底怕什么，她也不知道。

这时，小芳姑姑来了。小芳姑姑看到小孙叔叔，脸上起了红晕，头低下了。她用手捻着自己的辫梢说：你，你下班了？

小孙叔叔说：我今天有点事，所以早下了班。

小芳姑姑说：我前两天问阿朵的爸爸了，让他看看你穿多大的鞋，我想给你纳几双鞋垫，不知你穿多大码号的鞋？

小孙叔叔说：你还要干地里活，还要做别的事，你有时间吗？

小芳姑姑说：嗯，有的。

小孙叔叔沉思了一会儿说：我的脚和站长大哥一般大的，都是四十三码的。

小芳姑姑说：好的，我记住了。

小孙叔叔哎的一声说：我这几天都没上班。

小芳姑姑问：怎么了？

小孙叔叔说：没什么。

小芳姑姑说：你一定有什么事在瞒着我，什么事？不能告诉我？

小孙叔叔说：也不是什么大不了的。

小芳姑姑说：你别瞒我，我能帮你吗？

小孙叔叔摇了摇头，摇完头对着小芳姑姑无奈地一笑。

小芳姑姑说：是不是因为我？

和你没关系的。小孙叔叔想了想说：乡里的葛秘书想给我提门亲，是乡里王书记的外甥女。在乡卫生院上班，这几天想跟我见面，我推说家里有事，一直没见。

小芳姑姑说：只要能对你好，对你的前程有帮助，你见就是。愿意她就是。我是一个农业社的，没什么能力，也帮不上你什么。

小孙叔叔说：你怎么这么说呢？

小芳姑姑说：我是一个农业社的人，帮不上你的忙，可也不能拖你。你放心地去见，只要那个女孩有个八九不离十，你愿意她就是。我不怪你的。真的。小芳说着眼角的泪流了出来。

小孙叔叔说：我来就是给你说，请你相信我，我不是那样见好就爱好的人。

小芳姑姑说：我信你。怎么会不信呢?

小孙叔叔说：本来我想让你到我们家相相家，现在看来，得往后拖一段时间。

小芳姑姑说：没事的，早几天和晚几天的没什么。真的没什么。我，我能等的。

小孙叔叔说：本来打算近期让你相相家，然后咱们进城，给你买点衣服，下个启，先定下。谁想，葛秘书又插这么一拐子!

小芳姑姑说：没事的，对你来说，是好事，你该高兴才是。

小孙叔叔说：什么好事啊，把我都烦死了。葛秘书光单位上说了不算，还直接到了我们村，让支部书记去我家提媒。我父母一看是村里一把手来了，把这个事可看重了!

小芳姑姑笑了：说，怪不得你说烦心，看样子，你父母都要求你愿意王书记的外甥女?!

小孙叔叔说是。

小芳姑姑说：你不该惹两位老人生气，你该愿意王书记的外甥女。真的! 就是不愿意，你也该见见的。给人家个回话。你不见面是不对的。那样伤人。

小孙叔叔说：你也这么说?

小芳姑姑点点头说：跟人家见个面，成与不成都要给人家个话。这样中间人才不会难看。

小孙叔叔说：对，你说得对。我回去之后就跟那个女的见个面，然后推了就是。

小芳姑姑说：你要真看上就愿意她吧，我不会有意见的。

小孙叔叔说：我以前见过那个女孩，就是公社卫生院那个扎朝天辫的护士，你也许见过的。

小芳说：我很少去乡卫生院的，那里的人我都不认识。

小孙叔叔噢了一声。小孙叔叔说：我最讨厌她了，说话尖刻，有次我感冒去卫生院拿药。正赶上她给一个小孩打吊针，一连扎了三次，她愣是没找着血管，人家孩子的母亲心疼孩子，说了她两句，她不光不道歉，反而把人家孩子的母亲骂了，我当时那个气啊，恨不得上前扇她两巴掌！

小芳姑姑说：卫生院的护士哪个不都是这样？对那些吃非农业的，她们敢吗？不是照样的笑脸来笑脸去的？谁让我们是农业社的呢？

小孙叔叔说：农业社的怎么了？农业社里的也是人啊！农业社里的人不种粮食，她们不都得喝西北风？！

小芳姑姑笑了，说：不要生气，是这么回事不假，可谁这么看啊？现在这个社会，就是非农业比农业社的强，说真的，你就是愿意了那个女孩子，我也没有什么怨言的，谁让我生在农业社呢！

小孙叔叔有点急了说：你怎么这么说呢，你把我当成什么人了？

小芳姑姑说：我相信你，可人家那个女孩是非农业，你不愿意她，你就是太傻了！

小孙叔叔说：我家里人这么看，你也这么看？

小芳点了点头说：你家里人这么看就对了。真的。

阿朵这时把茶倒好端了过来说：叔叔喝茶！

小孙叔叔说：谢谢阿朵，我不渴。

阿朵说：喝吧，你们先说着话，我去叫叫娘。

小孙叔叔说：不要去叫了，我们说说话就走。我们说话影响你做作业了。

小芳姑姑说：阿朵你不要忙了，你小孙叔叔说一会儿话就走。你还是做你的作业吧！

阿朵说：我的家庭作业做完了，今天老师布置得少。

阿朵看小芳姑姑还想说什么，想了想没有说，就看了眼阿朵，又看了眼小孙叔叔。

小孙叔叔说：小芳，你放心，我宁愿不在文化站干了，我也不会愿意的！小孙叔叔说这个话时显得很有豪气，也像是对小芳姑姑表决心。

小芳姑姑好像受了感动，说：无论你愿意还是不愿意我，我一定给你纳几双鞋垫！

# 第八章

小孙叔叔好几天没有来了，阿朵有些担心。阿朵不知自己为什么担心，是替小孙叔叔，还是小芳姑姑，阿朵也说不上来。小芳姑姑几乎天天到阿朵家里来。来了，就和阿朵坐在一起。把纳了一半的鞋垫从衣袋里掏出来，纳。小芳姑姑纳鞋垫的事，从没给人说过，小芳姑姑只在阿朵跟前纳。在别的人跟前干，别的人肯定说她，笑话她，当然，说和笑都是善意的，不是取笑。但即使善意的，小芳姑姑也受不了。姑娘家，脸皮子薄，不撑说的。再说小芳姑姑不是那种招摇的人，小芳姑姑做什么事都喜欢悄悄的，烟不动火不冒，稳稳当当的。

小芳姑姑纳的这个鞋垫样子的图案是"喜上眉梢"，就是开满梅花的梅枝上落了两个花喜鹊，取谐音的。图案样子是小芳姑姑和阿朵在集市上买的。小芳姑姑买了好几个样子。还有一些，像什么"心想事成"、"步步登高"、"花好月圆"等。小芳姑姑把这些鞋垫的样子放在一个十六开的大书本里夹着，用哪个的样子就从书本里拿出，贴在鞋垫正面白布上，先用线把样子固定，然后按着图案的颜色选丝线，比如说，花瓣是红色的，就用红丝线，花蕊是黄色的，蕊就用黄色的线。像梅花了，是红梅。一般的花瓣都是红色的。你想了，底子是白色的，花瓣再用白色的，就不醒目，不好看了。在农村，看女孩是不是心灵手巧，是不是勤快会过日子，一看她送给夫家的鞋垫就知道个八九不离十。聪颖女孩的活路，一看就与那些不勤快的女孩不一样，看针脚稠密是否适度，看图案是否新颖，看用功多少是不是耐穿。也有的女孩鞋垫纳得很好看，只能看不能穿，洗一水图案就全完蛋了。

小芳姑姑纳鞋垫纳得很上心，也很用心。针脚的大小和缝纫机跑过的一样。活干得干净利索。阿朵问小芳：姑姑，你给小孙叔叔纳几双啊？

小芳说：我也不知道。

阿朵问：你怎能不知道呢？

小芳姑姑长叹一声：唉。完了就把头低着纳她的鞋垫。小芳姑姑说：你小孙叔叔能垫上我给她的鞋垫，我也就心满意足了。

阿朵问，姑姑，为什么这么说呢？小孙叔叔不是很喜欢你吗？

小芳姑又唉了一声：我知道他喜欢我，可很喜欢就能在一起吗？就能结合吗？

阿朵说：能啊，怎么不能啊？

小芳说：你还小。有时候，真正相互喜欢的人不一定能在一起的，结合不到一块去的。

阿朵不解：怎么会这样呢？

小芳说：你现在还小。再大点你就会明白了。说到这儿小芳姑姑就看着门外出神。

小芳姑姑一这样，阿朵就知道小芳姑姑在想小孙叔叔。阿朵心说，姑姑啊，谁不想啊！


可巧这个星期，爸爸捎信来说公社里要迎接市里检查，全乡的人处于临战状态，时刻准备着上面的检查，文化站是检查的重点，爸爸是站长，忙，放屁的空都没有，不能回家了。要娘给他送几件替换的衣服。娘当时要忙着种春土豆，就对阿朵说，明天是星期天，你不上课的，给你爸爸送几件衣服。

阿朵点了点头。

晚上小芳姑姑来家里纳鞋垫，小芳姑姑纳三双了。现在正纳着第四双。是那副"花好月圆"样子的。小芳姑姑用四种颜色的线纳的，很醒目：一轮明月，下面是一朵富贵牡丹。脚跟处是"花好月圆"四个字。人都是脚跟处使劲，小芳姑姑就把花好月圆四个字纳得结结实实的，把花纳得很鲜艳很富贵。花瓣是红色的丝线，花蕊是黄色的，下面的叶片是绿色的，其中的字有的用蓝色，反正搭配得很和谐，很好看，简直就是一个艺术品。

娘问：纳几双了？

小芳姑姑说：算上这双，四双了。

娘说：你的小爪子干活干得好快啊！

小芳姑姑的脸一红。没有回答娘的话，只是低着头一针一针地纳。

娘说：对了，我明天让朵儿去文化站给你哥送几件替换的衣服，你明天有时间吗？

小芳姑姑说：有啊。说起来小芳姑姑是没时间的，米婶早就安排她了，明天要把她家的菜园地翻了，好种过夏的菜。

娘说：放朵儿一个人去公社文化站我心有点含糊，有你和朵一起去，我就放心了。

小芳姑姑说：你怎么知道我会答应你去文化站呢？

娘说：你怎么会不去呢？你不去也行，我就让朵儿自己去。对了，朵儿，你小孙叔叔不论给你说什么你回来都不要给你小芳姑姑说。急她，急死她！

小芳姑姑说：我才不要听呢！

娘说：真的不要听？你别觉得纳了四双鞋垫就了不起了，就以为什么都行了，其实啊，你小毛丫头的，早着呢！

小芳姑姑说：不许你这样说人家！人家还叫你嫂子呢，就这样说人家，好意思？！

娘说：我才不问这些事呢。只要我看着该说的事我就说，才不问她答应不答应呢！

阿朵看出，娘这是故意逗小芳姑姑的。小芳姑姑知道娘逗她，就说：我才不怕说呢！

娘说：真不怕？！不怕脸红什么？

小芳姑姑真的用手摸了一下脸。红不红不知道，脸真的有点热，就说：男大当婚，女大当嫁，我的脸才不红呢！

娘说：别那样夸自己了，不信你看看镜子去，看看红了吗？

小芳姑姑真有点拿不住脸到底红没红，偷声问阿朵：姑姑的脸红了吗？

阿朵没有回答，只是笑。

这一笑笑得小芳姑姑没了底气。她真的到了镜子前，看了一下。因是晚上，电灯泡子度数小，脸上红没红看得不是多清楚。小芳感觉一定是红了，不然，脸怎么会热呢？肯定是红了。

小芳姑姑照完镜子说：我怎么没看到红？没红呢！

娘说：别嘴硬了。你的那点小心思我还能看不透？要看不透你的那点小心眼子我那不是白活了那么大？白吃了这么多年的饭？

小芳姑姑说：知道你厉害了还不行？别挖苦人家了好不好？

娘说：求饶了不是？不求饶我还要说呢！

小芳姑姑说：还嫂子呢，一点嫂子的样子都没有，叫人家以后怎么叫你呢？

娘说：干脆不叫就是了，我才不稀罕你叫嫂子呢！

小芳姑姑说：不斗嘴了，我答应和阿朵一块去，好不好，我的好嫂子！

娘说：这样还有个差不多。你们明天吃过早饭就去。阿朵坐你的二车子，你驮着她去。

小芳姑姑说：嗯，你放心就是。我保证把你的宝贝大闺女给送到她爸爸手中！好不？！

娘笑了，说：你个死丫头！

# 第九章

第二天，阿朵早早吃了饭，公社文化站阿朵去过一次，那还是好久以前的事，是跟着娘去的。乡里春上和秋里都有会，是庙会，老庙会。满街满巷的都是人，人山人海的，都是卖这卖那的。娘那次是赶闲会。带着她和弟弟阿东，逛了一上午，逛得腿都要细了。娘给她和弟弟都买了一身新秋衣。午饭是在文化站吃的，爸爸在会上买了包子、油条、狗肉什么的，那一次她吃得真饱，肚子都要撑打炮了呢！阿东吃得也不少。娘那一次特感幸福，脸上始终荡漾着笑，就像开着的一朵花。爸爸看样是新发了工资，给娘买了一双皮鞋。那双鞋过年走亲戚穿了几天，娘从不舍得穿，放在了箱子底。但只要有人来借，娘从不拒绝。娘常说，在家里穿得再脏再烂都没关系，可出门就不行，一定要把自己打扮得体面。不然，丢自家人的脸呢！

小芳姑姑也早早吃了饭。从她们庄到乡有二十多里路呢，骑自行车要一个多小时呢！小芳姑姑把自己打扮得很得体，穿的虽是平时的衣服，但都浆洗得很干净，穿在身上显得特别有味道。娘常说，小芳是个衣服架子，穿什么都好看。今天小芳姑姑看样刻意打扮了，脸上还抹了雪花膏。老远就闻着香喷喷的，混合着少女特有的青春气息，整个人显得那样的洋气和美丽。

娘把爸爸的衣服收拾在一个包袱里，然后交给了阿朵。娘说：朵儿，路上好好听姑姑的话！到了爸爸那里，你在站上玩，别影响你小芳姑姑，说着用眼瞄了一眼小芳姑姑。阿朵点点头说嗯。

小芳姑姑知道阿朵娘心里怎么想的，就说：嫂子，你把心放肚子里去吧，我负责把阿朵交给她爸爸就是！

娘不相信小芳姑姑的话，尖刻地说：现在说得好听，等见了小孙的面，你还会问阿朵的事？还不得怪阿朵碍你的眼？

小芳姑姑说：越说越不正经了，不跟你说了，阿朵，咱走，不理她！说着翻身上了自行车。阿朵说娘我走了，忙紧跑几步，右手抓住后货架，整个身子向上一纵，屁股稳妥地落在后座上。小芳问：上来了吗？阿朵说：上来了呀。小芳说：你上车子真轻，我都没觉得你坐上了。

出了村子，到了村外的大路，小芳姑姑说：坐好了，我要骑快了。

路是沙子路，有点坑坑洼洼的，自行车一骑快就有些蹦。看小芳姑姑骑车的样子阿朵就知道她心里急，恨不得身上长翅膀，一下子飞到文化站，飞到小孙叔叔的身边。阿朵故意问：姑姑，你想小孙叔叔吗？小芳说：不想。阿朵说：姑姑骗人，要不想，你把车子骑得这么快干什么？小芳知道自己的心思被阿朵看穿了，就说：朵，你人小鬼大，看来姑姑的心事都瞒不了你。阿朵说那当然。你觉得我小，我可是长大了呢！小芳说：咱们的阿朵长大了，明天就给她找婆家。阿朵说：我不要，我不要。小芳问为什么你不要？阿朵说：人家还小呢！小芳说：你不是说你长大了？阿朵说：我是说，我的心眼子长大了。

小芳说：你说你心眼子长大了，我问你，你考虑找什么样对象的事吗？阿朵说没有。小芳说：那你还说你心眼子长大了？心眼子长大的人第一考虑的就是想找个什么样的对象。阿朵在心里说，谁没考虑？我早就考虑了，要找就找小孙叔叔那样的！那样戴着眼镜、又文气、又英俊、又有才气的人。我能给你说吗？说了你不得笑话我？再说了，我要说了我喜欢小孙叔叔，你还不得跟我急？处处提防我？

小芳不知阿朵在想什么，见阿朵好一会儿没说话，就问阿朵：朵儿，你说你小孙叔叔这个人怎么样？阿朵知道小芳姑姑为什么这么问，姑姑的这点心眼，自己虽然年龄不如她大，可还是看得出来的。阿朵想，我明明知道小孙叔叔好，想让我说，我偏不说好。就说：我看，小孙叔叔不怎么样！

小芳有些吃惊。按小芳的想法，阿朵一定得说小孙怎么怎么的好，听阿朵说小孙怎么怎么的好是一种享受。可阿朵这个小妮子却说不怎么样。怎么回事？难道这个小妮子对小孙有什么看不上眼的吗？就问：你给姑姑说说，因为什么？

阿朵知道小芳姑姑沉不住气了，先在心里笑了。阿朵想，别觉得我小，你就把我当小孩看待。我不小呢！怎么样，沉不住气了吧？！阿朵说：怎么说呢，长得不英俊，对了，特别不魁梧，不虎背熊腰。还有，就是文质彬彬，对人太有礼貌，还有呢，很多了，我也想不起来了。反正，我觉得不怎么样！

小芳说：阿朵啊，我怎么听着这是夸你小孙叔叔的话啊。

阿朵说：谁夸了，我说的都是小孙叔叔的缺点啊！

小芳说：行，等我见了你小孙叔叔，看我不把你说的话对你小孙叔叔说。我就说，阿朵正给我说你的坏话呢：说你不英俊，不魁梧，不虎背熊腰，还文质彬彬，对人太有礼貌什么的，我都对你小孙叔叔说！

阿朵听小芳姑姑这么说，心想，小芳姑姑要把我说小孙叔叔的话对小孙叔叔说了，小孙叔叔以后要是不理我怎么办？那我从此不就见不到小孙叔叔了吗？要是真的见不到小孙叔叔，还不得把我难受死？就忙说：小芳姑姑，不是你让人家说的吗？

小芳说：让你说，也不是让你光说人家的孬啊！你说的那些孬，其实那哪是孬？你是故意恶语中伤你小孙叔叔。硬说人家孬！

阿朵说：你明明知道小孙叔叔好，还让我说，你这不是故意逗我吗？你能逗我，就不允许我逗你了？真是的！说完阿朵把嘴噘起来了。

小芳知道阿朵生气了，就缓了语气，问：朵，生姑姑的气了？

阿朵硬硬地说：生了。

小芳说：姑姑跟你玩的，当真了？

阿朵说：人家就当真了。明明知道小孙叔叔好，还故意让人家说，我就是不说好！偏说孬，气死你！

小芳说：想不到阿朵这么多心眼子，她故意气姑姑，看到了乡上，姑姑不打她的小屁股蛋！

阿朵说：小芳姑姑，你是真心喜欢小孙叔叔吗？

小芳问：你说呢？

阿朵说：我说你是真心地喜欢小孙叔叔。

小芳说：像你小孙叔叔这样的我要是不喜欢，那我还喜欢什么样的？你小孙叔叔长得文气，还有文化，还是个画家，我就怕你小孙叔叔不喜欢我呢！对了，阿朵，你小孙叔叔要是不喜欢我，我能心里难受死了！

阿朵说：小孙叔叔怎么会呢。我看了，小孙叔叔最喜欢你了。姑姑你长得这么好看，我都喜欢得不得了。我要是和小孙叔叔那么大，早就把你娶了！

小芳说：你真这么想？

阿朵说：嗯，真这么想。当爸爸和娘说要把你说给小孙叔叔的时候，我还恨他们呢！

小芳说：恨他们什么？

阿朵说，恨他们把你介绍给了小孙叔叔。当时你和小孙叔叔见面的时候，我还巴着你们不愿意呢！

小芳问：真的？

阿朵说真的！

小芳就笑了，当然小芳的笑是愉快的笑，轻松的笑，小芳姑姑笑着说了句，憨丫头……

阿朵和小芳说着拉着，二十多里的路不知不觉中就过来了。阿朵觉得这段路比什么时间走得都快。小芳说她们已到乡上时，阿朵还有些不相信，说：怎么这么快？小芳说不快，我还觉得慢死了！阿朵心想，慢什么慢啊，你那是心急，是想快点见到小孙叔叔！

前面就是乡文化站的大门。文化站的大门朝南。进了大门迎面是乡的电影院，电影院左右有两个大门，右边是乡的图书馆，左边是文化站的办公楼。爸爸和小孙叔叔就在左边楼上办公。电影院里正放着电影，看样子是武打片，大喇叭里正嘿哈嘿哈地打斗。左边大门的铁门锁着，小门在里面挂着。两人趴着铁门向里看，看见一个人刚从门旁的一个屋里出来往大楼去。背影很熟悉，阿朵一时想不起是谁。小芳说：阿朵，是你小孙叔叔，你快叫！

小芳姑姑一提醒，阿朵猛然想起真的是小孙叔叔，忙喊：小孙叔叔，小孙叔叔！

听到叫声，小孙回过了头，向门口走来。边走边问谁呀？

阿朵说：是我。阿朵。对了，还有我小芳姑姑。

这时阿朵身后"滚"过来了一个人，挺着个大肚子，满脸的横肉，梳着个大奔头。头看样子是上了发蜡和发油，又黑又亮，纹丝不乱。来到门前，他看到往门口来的小孙，说：孙向阳，快点开门！

阿朵见小孙叔叔小跑起来。小孙叔叔跑步的姿态很好看，运动员似的。小孙叔叔打开了门，看到了门口的她们，有些吃惊。小孙先对着那个满脸横肉的人叫了声：葛秘书，有事？

被叫作葛秘书的问：苗站长在吗？

小孙叔叔说在，正在赶着做你们的活呢！

对了，阿朵的爸爸姓苗。叫苗得钢。阿朵的大名叫苗朵。

小孙叔叔说完把脸转向阿朵和小芳。小孙叔叔问：阿朵，你们怎么来了？

阿朵说：我和姑姑来给爸爸送替换衣服的。说着看了一眼正在看他们的那个葛秘书。葛秘书的两个眼直着看小芳，钢钩子似的。盯得小芳把头低下了，不敢抬。

葛秘书问小孙叔叔：这个是谁？

小孙以为问阿朵的呢，指着阿朵说：苗站长的女儿阿朵。

葛秘书把嘴向小芳一努说：我是问那个！

小孙的脸一红，说：这个是苗站长的妹妹苗小芳。

葛秘书听了点点头。一边点头一边说不错，不错。不知是说名字不错还是说小芳的长相不错。葛秘书边说不错边向文化站的办公大楼走去。葛秘书个子矮，再加上胖，走起来，像一个大皮球在向前"滚"。

看葛秘书"滚"远了，小孙叔叔问小芳姑姑：你，怎么来了？

小芳说：我，我是来送阿朵的。还有，鞋垫，我，给你纳好了！

小孙叔叔说：那，多累你了！

小芳说：你看你说的，不累的！

小孙接过阿朵手中的布包，三个人边说着话边向文化站的办公室走去。还没走到办公室，阿朵就看见爸爸在往外送那个皮球一样的葛秘书。葛秘书说：苗站长，我没什么事。只是抽空来看看，看你们把上墙的牌子做得怎样了，后天市里来检查，我怕误了事。

苗站长说：正因为怕误事，我这个星期连家都没回呢！

葛秘书说：哎呀，好啊好啊，你对工作这样认真负责，我一定会给王书记说的！

苗站长说不要说，这是我们应该做的！

这时阿朵叫了一声爸爸。苗站长说：是阿朵啊，给爸爸送衣服吧！

阿朵说嗯。

葛秘书说：苗站长好命啊，女儿都这么大了？

苗站长说：是啊，今年上初一了。

葛秘书指着小芳问：苗站长，这个是谁啊？

阿朵的爸爸一听葛秘书打听小芳，脸一下子拉长了。苗站长知道自己有点失态，马上换上笑脸说：这个呢不是外人，是我本家妹妹，陪我女儿一块来给我送东西的。

葛秘书说嗯：不错，真的不错。说完头也没回地"滚"了。

小孙和阿朵、小芳对葛秘书这种表现有些反感。刚才明明问过了，现在又问，这不是六个手指挠痒痒，多那一道子吗？！真是的！只是苗站长没有露出什么，可苗站长的心里却十五个吊桶打水——七上八下的。

小孙说：站长，我想请一会儿假。苗站长看看小芳，又看看小孙点了点头。看着小芳和小孙的背影，苗站长说：小孙，别走远啊，别到一会儿有事不好找你。

小孙用手指指电影院说：我和小芳到电影院里说一会儿话。说着从电影院的后门进去了。看着两人的背影，阿朵看到爸爸叹了一口气。

阿朵随着爸爸到了办公室。有几个人正在忙。爸爸说：朵儿，爸爸正忙着做上墙的牌子，你自己玩吧，好吗？

阿朵说：你忙吧。爸爸。我过会儿到图书馆去看书！

爸爸说：好，图书馆的人都认识你的，你去就是。说完爸爸指挥着那些人忙起来了。

看爸爸忙的那个样，阿朵不忍心打搅爸爸。就慢慢走出办公室。

小芳姑姑和小孙叔叔去看电影了。当然他们看电影是假，说话是真。阿朵感觉小芳姑姑很幸福，不像自己，一个人，孤孤单单的。对了，我不去图书馆了，我也去看电影。有这种想法的时候，阿朵并不是真的想看电影，而是想找到小芳姑姑和小孙叔叔。阿朵感觉，只有和小孙叔叔在一起的时候，才感觉自己不孤单。

阿朵走进了影院。里面非常黑。她闭上眼，狠狠地闭。是娘告诉她的，要是你从一个明亮的地方到黑暗的地方去，要把眼睛闭上，先把自己黑暗了，你就会看清黑暗里的东西了。阿朵就是用娘说的这个法子。过了一会儿，她睁开眼，嘿，还真是的，电影院里的什么她都看清楚了。屏幕很亮，上面正在追杀。是几个大人追杀几个小孩，几个小孩中有一个叫"大丈夫"的，那孩子什么武功都不会，但他的大老婆厉害。阿朵看了看影院里，看电影的人不少，有半院子人呢，很多的是孩子，一惊一乍的，人都在前面看，后面几乎空一半，只是稀稀疏疏坐了几对人。她注意找小孙叔叔和小芳姑姑在哪儿，发现小孙叔叔和小芳姑姑在后面坐着呢。小芳姑姑头半靠着小孙叔叔，很甜蜜很幸福的样子。阿朵有点羡慕，还有点嫉妒。反正心里不好受。后来，阿朵自己宽自己的心，谁让你这么小呢，你要是大了，小芳姑姑还能偎在了小孙叔叔的胸前？要怨就怨自己太小了。自己这么小怎能给小孙叔叔当媳妇啊！

这样一想，阿朵就轻而易举地原谅了小芳姑姑。她想听听小芳姑姑和小孙叔叔两人在说什么，以后好有个取笑小芳姑姑的话柄。她注意看了一下两人，两人离自己很远。他俩光顾着自己说话了，没注意到阿朵。阿朵想，潜到他们的后面去，偷听一下他们到底说什么。阿朵猫着腰，绕到他们的背后。小芳姑姑和小孙叔叔光顾叽叽咕咕说话了，根本没在意阿朵，阿朵感觉到这样很好。

小芳姑姑和小孙叔叔说话的声音不是多大。可声音小又怕对方听不清，因电影放映着，影院里乱嚷嚷的，噪声大。有时小孙叔叔说话也时不时传过来一句两句的。小孙叔叔说：多谢你的鞋垫……小芳姑姑说：……

说了什么阿朵没听清。但阿朵能感觉得出来，小芳姑姑说的是一些不让小孙叔叔感谢的话。小芳姑姑肯定会说，不用谢，谢什么呢。阿朵想，小芳姑姑除了说这些，还能说什么呢？

阿朵的心里像做贼一样,她故意把头往前伸,把身子趴在前面的座位上。隐隐约约听见小芳姑姑说话了,小芳姑姑低声问:你真喜欢我吗?小孙叔叔说:真喜欢。

小芳姑姑说:我总感觉不是真的,你是非农业,我是一个农村的妹子。

我不计较这些的。小孙叔叔说:我爱的是人,又不是你的身份。身份是身外的,是别人额外硬加给他的。

小芳姑姑说:我能感觉到你对我好。说到这儿的时候小芳姑姑叹了口气说:你以后就是有什么原因不喜欢我了,我也不会怪你的,谁让我的父亲是一个农民呢,谁让我没好好上学呢?假如我好好上了学,要能考上师范大专的,也会和你一样了。和你在一起,肩头就会一般高了。我就不会对自己没信心,有自卑感了。

小孙叔叔说:小芳,你怎么这么想啊,其实咱们都是一样的,我只不过比你多上几年学而已。

小芳说:话是这么说,可我毕竟是农民啊。咱们大家都这么想啊。

小孙叔叔说:小芳,我知道你有自卑感。你贤淑善良,这些就是你的优点啊。人在社会上分工不同,就有了高低贵贱之分。其实这些都不是主要的,主要的是一个人是否善良与真诚,我喜欢的就是你的这一点。在一些人的眼里,也许我是个非农业,觉得很了不起,其实我不这么看,我要找的是爱人,不是什么非农业不非农业的。人过日子是给人过的,哪有跟非农业结婚的……听到这儿小芳姑姑看样子像被阳光融化的冰一样,酥了,她把头歪在了小孙叔叔的肩头上……

看到小芳姑姑的幸福模样,阿朵很高兴,是啊,小芳姑姑和小孙叔叔是郎才女貌,珠联璧合,标准的天生一对。他们两人结合,真是一件令人高兴的事。虽然替小芳姑姑高兴,可阿朵心里还是有丝丝的酸。阿朵就宽慰自己,谁让自己这么小呢——说起来,还得多谢小芳姑姑呢。小孙叔叔要是找别的女孩，她就捞不着见小孙叔叔了，她是沾了小芳姑姑的光呢……

# 第十章

从文化站回来的第四天，小孙叔叔就来了。当时阿朵刚做完家庭作业正刨靠近院子南墙的那块地。小孙叔叔说：阿朵，刨地呢！阿朵说嗯。小孙叔叔有点不好意思地说：你看我，说给你捎向日葵种子来，每次来怎么都忘了呢。阿朵心想，小芳姑姑你可没忘了呢。可这话说不出口，说了，小孙叔叔肯定受不了。小孙叔叔的脸皮子薄，好脸红。阿朵说：下次来捎来就是了，再晚几天种也没事。小孙叔叔说：嗯，现在正是种的时候，这样吧，我明天早上上班从你这儿走，专给你送来。阿朵说：不要那么急，什么时间有空你什么时间捎来就是。小孙叔叔说：还是早种上好。阿朵问：我喊小芳姑姑去吗？小孙叔叔说：你去吧。接着又说：我来给你刨地，你去喊吧。

阿朵把镢头递给小孙叔叔，又掸了掸身上的土尘，去了小芳姑姑家。米奶奶在。米奶奶问：什么事啊，朵？阿朵说我找小芳姑姑。米奶奶说：她去南坡麦地拔草了。

阿朵往南坡麦地跑去。南坡地里有好多人，娘也在。娘问阿朵什么事？阿朵低声对娘说：小孙叔叔来了，我来叫小芳姑姑呢。娘噢的一声说知道了。就大声喊了远处的小芳几声。小芳一看阿朵来，知道有事，心开始慌慌地跳。阿朵到了小芳跟前说：姑姑，小孙叔叔来了，在我家等你呢！

小芳忙弯腰拾起一个瓦片把她正用着的锄头上的土刮得干净亮堂，放到阿朵娘的地头说：嫂子，给我看着，我去去就回。

娘说：去去就回，说得倒好，一去了，就不舍得回来了！

小芳姑姑给娘做了一个鬼脸，然后拉着阿朵的手跑回家了。

小孙叔叔已把那点地刨完了。正在看阿朵放在一边的作业。阿朵的作业做得很对，字写得也大气干净，小孙边看边在心里暗暗点头。

小芳和阿朵气喘吁吁地来了。小孙叔叔站了起来。小芳姑姑说：你来了。小孙叔叔点点头，对着小芳姑姑一笑。阿朵说：你们进屋吧。小孙叔叔说：我说两句话就走。阿朵知趣地进屋了。小孙叔叔从口袋里掏出一个东西，递给了小芳说：给你买了条纱巾。不知你喜欢什么颜色的，看你常穿水红色的衣服，就给你买了条水红的。小芳姑姑忙把手背到身后说，我怎么能要你的东西呢？我不要。我不要！小孙叔叔把小芳姑姑的手拉过来，把纱巾交到她手里说：你能给我纳鞋垫，就不允许我给你表一点心意吗？

小芳姑姑只好默默地接了。然后问：你还有什么事吗？

小孙叔叔说：来看看你，还有就是送纱巾的。喜欢吗？

小芳姑姑点了点头说喜欢。小孙叔叔见小芳姑姑眼里干干爽爽的，就定定地看了好大一会儿，然后用右手把她额前的碎发捋到耳后，说：我走了。

小芳姑姑欲言又止，只是点了点头。等阿朵从屋里出来时，小孙叔叔已推着自行车要出大门了。

阿朵说：小孙叔叔，你不再待会儿了？

小孙叔叔对着阿朵一笑说：阿朵，我最近就把向日葵种子给你拿来！

看着小孙叔叔的背影，阿朵发现倚在大门旁的小芳姑姑把纱巾紧紧地攥在胸前……

第二天阿朵起来上学，刚打开门，发现不远处来了个人，怎么看怎么像小孙叔叔。阿朵想，天这么早，不会是小孙叔叔吧。那个人骑着车子向着她家奔来。真是小孙叔叔！阿朵叫了声小孙叔叔。小孙叔叔下了车子从自己书包里拿出一包东西说：阿朵，给你。

阿朵接过问什么？

小孙叔叔说：向日葵种！我今天故意绕路，就是来给你送种子的。现在正是种向日葵的日子，你今天放了学，抽空种上吧。

阿朵说：好，我放了学就种！

小孙叔叔说好。接着就要走。阿朵说你不见小芳姑姑了？

小孙叔叔摇了摇头说不了。接着侧身骑上自行车匆匆走了。

那一天阿朵的课上得有点心不在焉，听着老师的课，阿朵的脑子就像一块云，早就忽悠悠地飞出教室，来到了那块要种向日葵的地。她看到自己种的向日葵都出来了，绿油油的，憋着劲向上长——长得好快啊。阿朵看到向日葵的骨朵了。看到向日葵金盘一样的花朵了。那花迎着太阳开放，开得一个院子都是金子的颜色。花的香也像长腿似的，到处乱跑，阿朵抽搐了一下鼻子，嗯，好香啊……

当然，站在讲台上的老师发现阿朵开小差了，老师叫了声她的名字，老师说，不要走神，要好好听讲。阿朵这才闻出，味道里没有向日葵。

上午放学回到家，阿朵又把地翻了遍，用镢头刨好坑，往坑里洇了水。她让阿东和她一起种，阿东说我才不种呢！说完到屋里的煎饼筐里摸了个煎饼就跑出去和狗子、鸭子腚、大熊猫他们去疯玩了。看着阿东的背影，阿朵哼了一声，本来想让阿东给她添种，她来埋坑，现在阿东没指望了，只有自己干了。阿朵把那包向日葵种子取出，一个坑里放了三个葵花种子，虽然是一包瓜子，也不是很多，到最后还有三个坑里没种子，阿朵就扒开已埋好的坑，从种好的几个坑里匀出九粒种子，点到了那三个坑里。之后，阿朵用袖口抹了一下额上的汗珠，望着这一小块地，眼前浮现出一大片的向日葵……

娘这时回家了，娘看阿朵把南墙根的地都翻了，并种了东西。娘问：朵儿，种的啥？

阿朵说：向日葵。娘！

娘说：种向日葵好。朵，在哪儿找的种子？你们学校？

阿朵说：不是，是小孙叔叔给的。

娘噢了一声。娘像是自言自语，说：种向日葵好，种向日葵好啊——

阿朵每天放学回来先要看她的向日葵出来没有，几天了，芽儿怎么还没出来？阿朵心里有点沉不住气了，就偷偷扒开坑，看看葵花种子到底怎么了。第一个坑，三个种子什么动静也没有，和刚点下去的时候差不多，好像点时它们就睡觉，直到现在还睡着，没醒呢。阿朵的心一沉；扒开第二个坑。第二个坑里的葵花种子有两个已开始发芽，雀舌一样白的根儿从葵花子的底部钻出。叶瓣顶着葵花壳，使劲地往地面上拱；阿朵又扒开一个坑，这个坑里只有两个种子，都出芽了，比着劲地拱。阿朵很高兴。这时，娘从外面进家了，见阿朵在扒坑，纳闷，问：朵儿，你干啥？作业做完了？

听娘问，阿朵有一种偷东西被抓住的感觉，感觉脸一下子红了，低着头说：我看看向日葵发芽了没？

娘说：哎呀，你也太心急了，该发芽的时候自会发芽，你这样扒开看，会把发的芽晾死的！快埋上，别再扒了！

阿朵说嗯。接着把扒开的坑埋上了。

娘说：种子什么时候发芽都是有日数的，不到时候是不会顶土的。急，是急不来的。

阿朵说：我知道了。

娘说得对，没过多日，向日葵的种子都顶"瓦"了。又过几天，芽儿都出来了。有很多的芽儿上还顶着瓜子皮。阿朵用水瓢舀来水，用嘴给芽儿喷了水。阿东看姐姐阿朵喷水，就笑，笑阿朵不文明，嘴里一喷水噗噗的，像他放屁。阿朵丢下水瓢要打阿东。阿东刁，兔子一样从大门里窜了，出了门还回过头给阿朵扮鬼脸。把阿朵气得直骂阿东是个狗屁精！

# 第十一章

这段时间阿朵没见到小孙叔叔。阿朵知道小孙叔叔在文化站忙。只是小芳姑姑家发生了一件事，让阿朵对小芳姑姑有一种说不出的感觉。

事情也很突然，小芳姑姑开始也不知道是怎么回事。这是事后小芳姑姑告诉她的。小芳姑姑看样子很生气，但没办法，人是村里支部书记领来的。

支部书记姓张，两条腿有些不一般长，所以村里人都叫他张瘸子。张瘸子领着一个小伙子下午去的小芳姑姑家。小芳姑姑家里的人看样都知道这事。张瘸子一进门就对米奶说：清河表叔在家吗？噢，在啊，我把上次给你说的那个小伙子领来了。说着把大门口外的一个长着土豆脸的小伙子拉进家来。小伙子一进门就傻笑，嘴角流着口水。张瘸子说：这是咱们乡王书记的公子，小伙子老实憨厚，人是没说的，谁见了都会夸的。当时小芳姑姑在家，她原打算去地里呢，米奶没让，说一会儿村里张支书来，说要见你有点事。她也没往心里去。没想到张瘸子是来给她提媒的。

小芳说：那是一个标准的半憨子啊，我才看不上呢！

阿朵说：你既然愿意小孙叔叔了，就不该再跟别的男的见面。你那样做，对不起小孙叔叔！

小芳姑姑很委屈，说：我不知道是怎么回事呢，我要是早知道是跟那个半憨子见面，打死我也不会在家的！这都是张瘸子和我爹娘的事！

阿朵嘴一撇：我不相信！

小芳说：阿朵，让我说什么你才相信呢？我反正给我父母和张瘸子推了。我说，我没相中。再说，我早就有人了。

阿朵问：你真这么说的？

小芳说：是啊。张瘸子问我这个小伙子怎么样？还告诉我，他爸爸是乡书记，有权又有势。人虽然是长相一般，但是非农业。这么好的家庭，打着灯笼也难找。我说萝卜白菜，各有所爱，我没相中，再说，我心里已有人了。张瘸子说我，你不要急着说愿意不愿意。并让我再好好想想，什么时间想透了给他说。

阿朵说：张瘸子说这话是什么意思？

小芳说：什么意思，不是很明白吗，意思是等我回心转意说愿意。我才不会愿意呢！

阿朵说：我说小芳姑姑不是那种见异思迁的人！

小芳说：我已经答应你小孙叔叔了，怎么能说不喜欢就不喜欢了呢！我不是那样的人。

阿朵说：我相信姑姑，你不是那样的人！


阿朵每天放学回家就看她的向日葵。现在向日葵苗有三指高了，叶片绿绿的，鼓着劲地长。听老师说，长到一拃高的时候就要分株定苗了。向日葵和玉米一样的，要间苗，要定苗。前后左右都得要二十多公分，也就是一拃多。阿朵的手小，要两拃的。阿朵用手在苗地里伸试着，哎呀，这得去掉多少棵向日葵苗呢！阿朵有点心疼，这些苗儿可都是她这些日子劳作的成果，哪一株都饱蘸着她的心血。很多同学对阿朵说：等她定苗的时候，把分掉不要的向日葵苗子给他们，他们也种几棵。就是不吃葵花子，专看花儿也是很美好的。阿朵答应了他们。阿朵说：等我间苗时一定给你们说，让你们每人都种几棵。

这天爸爸回家了。爸爸这次回家和往常不一样。往常都是从村子头下来自行车，推着进村，见人就招呼大叔到田里、大婶没事了、小家伙放学了之类。爸爸进家门时都是先晃一下铃铛。一听到爸爸自行车的铃声，阿东小鸟一样扇着两手扑出去，给爸爸开门。当然阿东常在外面和小伙伴疯跑疯玩的，还是阿朵在家的时候多，一般的情况下都是阿朵给爸爸开门。

爸爸这次回家脸色不是多好看。阿朵说爸爸回了，爸爸说回了。爸爸说你娘呢？阿朵说：去南坡里看麦子去了。麦子该妍花了，又生红蜘蛛了，娘去看看，要不要打药。

爸爸说：好好做你的作业吧，爸爸到地里看一下，爸爸好久没到地里看看呢！放好自行车，爸爸就出去了。

没用多大一会儿，阿朵听爸爸和娘从外面往家里来。娘说：怎么会这样呢？这样做小孙他愿意了？爸爸说：小孙能有什么法子？娘问：小孙调走了？爸爸说：到县文化馆比在乡里强，再说了，小孙在文化站是没有多少前途的！娘说：小芳妹妹知道吗？爸爸没有吱声。娘哎地叹了口气。

接着爸爸和娘一齐进家门了。娘的脸色不是多好看，爸爸的脸也严肃着。爸爸对娘说：这事先不要给小芳说，我想小孙会来告诉她的，你装着什么也没发生一样。

娘说嗯。

娘看了眼阿朵问：阿东呢？

阿朵说，阿东放下书包就跑出去疯了，到现在还没回！

娘问：做家庭作业了吗？

阿朵说：我不知道。

娘说：你呀，是当姐姐的，来到家就得看着他写作业，怎能不问弟弟的事呢？真是的！

娘出去了，街上传来娘高昂的叫喊声：阿东家来喽！阿东快点回家喽！……

不一会儿，阿东气喘吁吁地跑来了，看样子是钻什么地方了，脸上都是一道一道的灰。娘问阿东：老师布置的作业做了吗？阿东说没做。说的时候嬉皮笑脸，娘一把抓过阿东，照腚就是几巴掌，边打边说：我让你像无王的蜂。我让你像无王的蜂！

爸爸从屋里出来了，拉过娘，把阿东搂在怀里说：你怎能这样呢？孩子不好你说就是，动什么手啊？！

娘的巴掌重，阿东眼里噙着泪。阿东趴在爸爸怀里哭，呜呜的，委屈得像只猫。爸爸看了一眼娘说：你这是何苦呢？

娘说：你看看你的宝贝儿子，现在还有个孩子样吗？放学回家不做作业，就知道疯跑疯玩，以后就当个乞丐吧！

爸爸看了看阿东说：东儿啊，不怨娘打你，你看你这一身，还有个孩子样吗？一放学就放野马，那样是不行的！好孩子都是回到家，先做作业再帮着娘做事，娘说可以玩了才可以玩的。玩也不能这样爬高上低，老鼠一样地乱钻的。你看你一身脏的，像个小泥猴啊！

阿东说：我和几个小伙伴玩捉迷藏了。我藏了一个地方，他们谁都没有找到我。

爸爸问：你藏哪儿？

阿东眼里闪出兴奋的光芒：我藏到咱街上的大石碾底下了！

爸爸说：你呀，你娘再打你十顿都不多。那儿可不能藏，危险，知道吗？

阿东把头低下了说：我知道了。

之后，阿东对爸爸说：告诉你个事，爸爸。

爸爸说：我听着呢！

阿东说：我们班又新来个女老师。

爸爸说：是吗？

阿东说：是的，教得可好了。我们都爱听她的课！

爸爸说：那很好。

阿东说：我们的新老师的名字可好听了。

爸爸说：是吗？叫什么？

阿东说：叫周梅。梅花的梅！

爸爸说：嗯，梅花的梅，确实好听……


这一天，阿朵该给向日葵定苗了，一共定了二十二棵。她把间下的向日葵苗拿到班上，给了她的同学。同学们很高兴，有几个同学没有摊着，脸色不好看。阿朵说：等今年向日葵结了，我给你们种子，你们想种多少就种多少。那几个同学的脸色才又阴转晴。

阿朵精心地侍弄着她的二十二株向日葵。这期间，小孙叔叔来了两次。一次是上午来的，阿朵上学去了，小孙叔叔直接去了小芳姑姑家，米奶奶在家，米奶看到小孙叔叔来了有些愕然。小孙叔叔说他调到县里文化馆上班了，来给小芳说一声。米奶奶说原来是这么回事。

米奶奶说：上县里好啊，又升了，是不？

小孙叔叔说：不是升，是换个地方。都是干美术方面的工作，在县里比在乡里更对口些。

米奶奶接着告诉小孙叔叔：小芳走亲戚去了，到她姨娘家去了，过几天才能回来。

小孙叔叔问：具体是过几天？

米奶奶说：不好说，反正一天两天的回不来……

小孙叔叔第二次来是三天以后，是下午。阿朵刚放了学。阿朵前脚刚进家，后面有一辆自行车向她这儿来。阿朵想，要是小孙叔叔该有多好啊！等阿朵进了家，摆好椅子，掏出作业，才要写，小孙叔叔进门了。阿朵看是小孙叔叔，心里一热，她有一种想哭的冲动。她叫了声小孙叔叔，声音就有些怯怯的，温温的，含着水气。小孙叔叔没觉察到阿朵的这些，插好自行车，问：阿朵，刚回家吧？阿朵点了点头。小孙叔叔问：阿朵，这几天见你小芳姑姑了吗？

阿朵说：我天天见啊。

小孙叔叔说：你小芳姑姑不是到她姨娘家去了吗？

阿朵说：小芳姑姑那是去她姨娘那里送东西，下午就回了。这几天一直和娘在一起干活呢。

小孙叔叔听了脸一寒，阿朵问：小孙叔叔，你怎么了？

小孙叔叔意识到自己失态了，忙说没什么没什么。

阿朵问：叔叔，我给你叫小芳姑姑吧？

小孙叔叔想了想，然后抬起头对阿朵一笑说：好吧。

阿朵慌慌地到了米奶奶家。米奶奶家门上挂着锁。阿朵知道小芳姑姑一定是跟娘一起到油菜地里打药去了。娘说油菜有蚜虫，不打农药要影响产量。小芳姑姑家也种了不少，喷打农药一般选下午，灭虫效果好。小芳姑姑和娘每人背一个喷雾器，刚喷完从地里出来要灌水。娘看到阿朵，问：朵儿，不在家好好做作业，跑地里来干什么？

阿朵说：小孙叔叔来了，我来叫小芳姑姑的。

小芳刚装好药，正要把喷雾器往身上背，听阿朵这么说，不由得把喷雾器放下了问：你小孙叔叔说来有什么事吗？

阿朵摇摇头。娘说：小芳，你去吧。

小芳说：那怎么成？说好咱两家搁伙家的，我家打完了，开始打你家了，我就借故跑了，还不得被你揭一辈子的短？

娘说：去吧。真有事和假有事不一样，别让小孙等躁了。

小芳姑姑放下喷雾器说：那，嫂子，我先去了，我快去快回，好吗？

娘说：好。

在回家的路上，小芳姑姑问阿朵：你小孙叔叔说什么了吗？阿朵光摇头。

小芳就叹息一声：哎。阿朵不知小芳姑姑怎么了……

这之后不久，对于十四岁的阿朵来说，发生了一件大事。这件大事让阿朵有种世界末日来临的感觉。那就是，她的向日葵苗被她家的小青羊给糟蹋了。说得准确一点，不光让小青羊吃了，还让它踩踏了不少。

小青羊现在是大青羊了。个子高高的，头常常昂着，很目空一切的样子。小青羊长得快，娘本打算早卖的，后来娘没舍得，就留着喂了，只是用绳子把小青羊拴起来了。可不知怎么回事，那天阿朵放了学，回到家一看，拴小青羊的绳子断了。是磨断的。小青羊正在院子里撒欢子呢！当时阿朵没想到她的向日葵，只是把大门关上，把小青羊捉住重新拴上。当给向日葵浇水时，才发现，天哪，她的向日葵都只剩着一个光光的白秆，上面的头没了。还有几株没有吃都被蹄子踩断了。

二十二株向日葵就还给她剩下一株！

谁对她的向日葵下此毒手？聪颖的阿朵一看零落的蹄印就知谁是罪魁祸首了！她看到，小青羊看她看向日葵，眼里露出胆怯之色。阿朵气哭了，上前问小青羊：是不是你的事？

小青羊就往一边躲。一看小青羊躲闪，阿朵的委屈更大了。她从一旁抽出个烧火的棍，朝着小青羊就打。一边打一边说：我让你吃我的向日葵！我让你吃我的向日葵！！！……

小青羊看到阿朵的烧火棍落下，忙向一边躲。不躲阿朵的气还不大，一躲气更大了，木棍落得更重了。小青羊拼命地叫喊……当然，翻译成汉语就是：救命啊，救命啊！……

不知打了多久，大门哗地推开了，娘进来了，娘看到阿朵疯一样打小青羊，上前夺下阿朵手中的木棍。娘看阿朵眼里流着泪，问阿朵：怎么了？青羊哪个地方得罪你了？怎舍得对小青羊下这么重的手？

阿朵看到娘，哇地哭出声。阿朵用手指着青羊说：它，它，你问问它！

娘说：羊怎么会说话呢？

阿朵说：它，它把我的向日葵全糟蹋了！

娘看了看南墙边的那块地，就知道阿朵为什么打青羊了。娘开始数说阿朵了。娘说：小死妮子，不就是你种的那点向日葵被小青羊吃了。吃了吃了就是，又不是什么值钱的物！

阿朵想不到娘会这么说。她头一次跟娘顶嘴了，她说：谁说不值钱，值大钱呢！

娘问阿朵：怎么个值大钱法？

阿朵知道娘没有领会她的意思，就说：你不懂。你懂得啥？你什么都不懂！

娘说：我什么都不懂，就你懂！几株破向日葵苗子，看把你金贵的。你就是一院子向日葵，也不值我的一个青羊卖的钱多！你要是把青羊打坏了，看我不剥了你个小死妮子！

阿朵的泪流得更凶了，说：我让你剥，我让你剥！

娘被阿朵的举动吓住了，娘说：朵儿，你，你，你怎么了？……

# 第十二章

南墙根处就还剩下一株向日葵了。阿朵对这株向日葵进行了特别保护。先用玉米秆把其绑了，外面又用树枝夹。她感觉这样不牢靠，不知在谁那里找了一个没底的条筐把其罩了。为做到万无一失，阿朵又让娘买了两根铁绳索，把小青羊和花羊拴得牢牢的。看到被铁绳索拴得老实的小青羊，阿朵在心里说，我再让你吃！我再让你吃！

看着越来越绿越来越高的向日葵，小青羊常常口水流个不停。当然，流也是干流，因为它被牢牢地拴着呢！

在向日葵苗壮成长期间，小孙叔叔又来过一次。那时麦子收过了，玉米苗已长老高了。阿朵正在家里给比自己高出好几头的向日葵施肥。用的土杂肥，也叫农家肥，就是在粪坑里沤得很烂又经过发酵的粪便。阿朵用土杂肥围了向日葵一圈。向日葵根系发达，根部发了厚厚的一圈根，是水根，向日葵一大，靠原来的根系供给已远远不够，水根就是为其提供水分和养料的。阿朵虽没种过向日葵，但她种过玉米学过生物，这些知识还是知道的。

阿朵正干得汗流浃背，小孙叔叔来了。小孙叔叔在门口晃了一下车铃，之后进了门，也巧，当时阿朵自己在家。阿朵穿着娘去年做的花褂头，的确良的，有些小了，但还凑合着穿。脸上都是汗，刘海的头发湿湿的，一簌一簌贴在额前。阿朵在埋施了土杂肥的坑。看到小孙叔叔，阿朵觉得自己好委屈，她叫了一声小孙叔叔，声音就有些呜咽了。当然，阿朵没让最后呜咽的那个声音发出来。但眼里的泪止不住往外流。小孙叔叔说：哎呀，阿朵，你看你热的，不能歇歇再干吗？这样容易中暑的。阿朵忙到一边拿毛巾擦了脸，擦了之后才知道自己失态了。我怎么会这样呢？这样多不好，要让小孙叔叔知道了，他以后就不会理我了。小孙叔叔要是不理我，那活着还有什么意思啊！亏了没让小孙叔叔看出来。阿朵擦了脸之后仔细看了小孙叔叔，小孙叔叔上身着白褂头，下摆束到的确良的蓝筒子裤里，要多洋气有多洋气，要多帅气有多帅气，一看就和在公社的时候不一样。阿朵虽小，但还能看出这些。在阿朵眼里，小孙叔叔一看就是个城里人！

那天阿朵也到米奶奶家去叫小芳姑姑，小芳姑姑家没有人，阿朵又去地里看了，地里也没小芳姑姑。阿朵气喘吁吁地回了，她低着头给小孙叔叔摇摇头。

小孙叔叔问：没在地里吗？

阿朵又摇了摇头。

小孙叔叔自言自语：那会到哪里去了呢？

阿朵摇摇头说：谁知道呢。

小孙叔叔又等了一会儿，心神不宁的，不停地看手腕上的表。手表是刚买的。小孙叔叔有点如坐针毡似的。不用说，小孙叔叔有满肚子心事。小芳姑姑还没有来，小孙叔叔看了看西边的太阳，太阳都要熟了。小孙叔叔知道自己该走了，就对阿朵说：我该走了。

阿朵问：不等小芳姑姑了？

小孙叔叔说：不等了。

阿朵问：有什么话让我给小芳姑姑说吗？

小孙叔叔想了想对阿朵一笑说：你说我来过了就可以了！

小孙叔叔要走了。阿朵把小孙叔叔送到大门外，小孙叔叔回头看了阿朵一眼，像发现什么似的说：阿朵，你的头发乱了。

阿朵忙把头发往一边拢。是胡乱地拢，没有照着镜子的。小孙叔叔摇了摇头，插好自行车，走了过来，他把阿朵额前的头发用手分别给捃到两个耳朵上。仔细看了一下阿朵说：这样才好看！这话不知是说头发还是说阿朵。但此时的阿朵觉得，世界仿佛一下子静止了，她是世界上最幸福的人了。

　　当若干年后，阿朵从深圳回到县城见到小孙叔叔时，小孙叔叔已经变了。小孙叔叔变成了大孙叔叔。虽然变成大孙叔叔，鬓角也生了一些华发，但小孙叔叔还是那么文气儒雅。当时她请大孙叔叔吃了一顿饭，是在那个县城里最高档的饭店里吃的。大孙叔叔一边吃一边感叹时光如水，当然，大孙叔叔问了一些阿朵的生活。阿朵说她现在过得很好。她初中考上了县里的师范，后来又进修，考上了南边的一所大学。毕业后就留在南边了，现在一家中外合资的公司里做部门经理。阿朵就仔细地看着大孙叔叔。大孙叔叔现在过得并不好，老婆在单位下岗了，孩子也在前两年死掉了。大孙叔叔看样子活得很累。阿朵看了有些心疼，问需要她帮助吗？大孙叔叔摇摇头说，不要不要，你在外面也不易的。吃过这顿饭阿朵就有些后悔，她后悔见了大孙叔叔了，她想，自己怎么就见了呢？要是不见就好了。

　　当要离开各自东西的时候，大孙叔叔叫住了阿朵。阿朵回过头来。暮秋的风吹打着阿朵，阿朵感到了冷。大孙叔叔看了阿朵一会儿说：阿朵，你的头发乱了。阿朵的心一抖。阿朵现在留的是披肩长发。大孙叔叔走过来，在阿朵跟前站住了，接着大孙叔叔抬起手——阿朵闭上眼，仿佛又回到十四岁那年的夏天。等了好一会儿，大孙叔叔没有动静，阿朵睁开眼，看到大孙叔叔慢慢地把举到半空的手放下了。大孙叔叔叹了口气，然后对阿朵一笑，当然，这笑笑得有些尴尬。

　　阿朵也对着大孙叔叔一笑。笑的时候，阿朵感觉心里在哭。但阿朵不是以前的小丫头了，虽然哭着，她会用笑来表示。阿朵给大孙叔叔伸出手，阿朵还是和以前一样说：小孙叔叔，再见！

　　大孙叔叔也给她说再见，当阿朵转过脸走上自己的归路时，泪却止不住了。

可十四岁的阿朵却没有哭，她感觉到了前所未有的幸福。她看着小孙叔叔从她的眼前消失，心里却有一种失落。是一种自己心爱的东西丢失般的难受。

天很黑的时候，小芳姑姑一家人才回来。原来，小芳姑姑和米奶奶、张瘸子去县城里了。是去那个半憨子家看家的。

小芳姑姑一回家就到阿朵家来了。阿朵告诉小芳姑姑：小孙叔叔来了。小芳姑姑一听阿朵这么说脸就红了，说：我说我的眼皮咋一个劲地跳呢！

阿朵问：你干什么去了？

小芳姑姑不好意思地说：走亲戚了。

阿朵打破砂锅问到底：走什么亲戚？怎么到现在才回来？

小芳姑姑有些支支吾吾。阿朵看了看小芳姑姑，小芳姑姑穿得很鲜亮，是一身新衣服，和小孙叔叔见面的时候还没穿这么新呢。阿朵说：姑姑，你别是又去相对象了吧？！

小芳一下子不吱声了。阿朵问：是不是相亲去了？

小芳点了点头。说：我是被家里人逼得没办法才去的。张瘸子天天到我家里来，没法子，我才去城里的。我到你小孙叔叔的文化馆找他，馆里的人告诉我，他回家了。之后，小芳就求阿朵：朵，姑姑求你个事，好吗？

阿朵有些生小芳的气，问：什么事？

小芳姑姑有些不好意思地说：你以后不要给你小孙叔叔说我去城里相亲的事，好吗？

阿朵问：是不是怕小孙叔叔伤心？

小芳姑姑点了点头。接着问：你小孙叔叔说什么了吗？

阿朵说：什么也没说，只是让我告诉你，就说他来过就可以了。

小芳姑姑长叹了一口气说：哎，怎么会这么巧呢？！……

# 第十三章

阿朵发现向日葵的花朵开放那是阴历七月底的事了。那天阿朵放学回家看到圆圆的葵头放出第一片花瓣。那是金子一样的颜色，黄得耀眼而张扬。现在这株向日葵已经很高了，是她两个阿朵加起来的高度。阿朵搬过写字的椅子，站到上面去看那朵花瓣，花瓣在风里颤巍巍的，但开得很大方，很热烈，是热爱生活的那种热烈。花瓣上有着花蕊的香味。香味有些呛，枪尖一样直入鼻孔。闻着香，阿朵有点醉了。她闭上眼睛，脑海里浮现出小孙叔叔穿着白褂头、下摆束到的确良蓝筒子裤里的神情，那个形象太帅了，太有味了，太能往人心里入了。阿朵感觉，小孙叔叔就像她栽的这株向日葵，已深深扎根她心里，并越长越大，像眼前的向日葵一样了。阿朵在心里默默说：小孙叔叔啊，你就是这株向日葵啊！

没过几天，所有的花瓣都开了，金盘一样。阿朵每天起得很早。她在向日葵下读书，感觉就像是在小孙叔叔跟前读书。有小孙叔叔在跟前，她心里很快乐、很阳光。

阿朵猛然想起老师教给她的歌，意思就是：我们是祖国的小葵花，葵花向着太阳开。这几天她就注意看着葵花，可她却没有发现葵花追着太阳开。太阳到上午了，葵花还是朝着东方，怎么不转向南方啊？难道是歌儿说得不对吗？

娘见她天天望着向日葵皱眉，刚开始没注意，后来见阿朵的眉头皱得能拧出水来，就问阿朵怎么了？有什么心事？阿朵说出她的疑惑。娘听了就笑了。娘说：向日葵又不是安了钢铃，说转就转啊。说起来向日葵是和咱的树一样，只会朝着一个方向开。歌里唱的葵花向着太阳开，那是比喻。是比喻，你知道吗？

阿朵点了点头，阿朵说：原来是这么回事啊。我以为向日葵就是追着太阳开呢。那歌上唱的不是在骗人吗？

娘说怎么是骗人呢？歌上唱的是真的。你们是祖国的葵花，祖国就是太阳，这个是很好懂的。

阿朵说：娘，我懂了。

娘说：我的阿朵就是聪明，一点就明白的。


可巧这一天，阿朵刚放学回家，她们村来了个遛乡照相的，是一个男的，三十多岁。照一张照片两元钱，彩色的。加洗一张五角。阿朵想，我要在向日葵下照一张。再把照片加洗一张。对，加洗的那张就送给小孙叔叔，告诉他，我身旁的向日葵就是他给的种子，现在已长成树，并且开花了。

阿朵把她储蓄罐里的钱都拿出来，一查，两元四角钱。照相的说，少一角就少一角吧，给你加洗一张。

过了几天，照相的来了，是来给阿朵送照片的。阿朵看到了站在向日葵下的自己。怎么看怎么不像自己啊。阿朵看着照片就想：这个向日葵旁的女孩就是我阿朵吗？怎么看着是别人呢？像没压好窨缸的绿豆芽，那么细高瘦弱，和身旁的粗壮向日葵比起来，显得是那么可怜。

这时，娘进家了，娘看到正看照片的阿朵问：什么时候照的？哎呀，我们家的阿朵好漂亮啊！

阿朵说：好看？我看着丑死了！

娘说：我家的阿朵怎么会丑呢，谁不说是个俊妮子！照得真好看，你看，这株向日葵也照得真好。娘边说着边把照片举着，像看着自己的珍宝。

阿朵被娘说得有些不好意思了。她又回过头来好好看了照片中的那个女孩，不知怎么回事，她现在看到的这个女孩真的好漂亮，虽然瘦细，但黑葡萄一样的大眼睛在瓜子脸上是那么有神，和向日葵站在一起，是那样和谐和美好。

阿朵不知自己这是怎么了，怎么一会儿看着不好一会儿看着好，她想不通了。

娘把她拿着的照片放到墙上的镜框上。娘左看右看说：越看朵儿越像娘以前的时候。朵儿，你的长相很像娘，只是你的嘴巴像你爸爸。你爸爸是小嘴，其他的地方都随娘的样子！

阿朵说：我才不随娘呢，人家都说，娘丑。

娘说：别听他们瞎说，娘丑？娘年轻的时候外号叫"盖善县"。

阿朵不明白，娘说：就是娘的长相在一个善县里谁也比不过。

阿朵把嘴一撇：吹牛呗！

娘说：不是吹牛，是真的，娘那个时候，谁也看不上眼的，除了你爸爸。

阿朵说：娘，你看，我们叫爸爸是爸爸，为什么我叫你是娘，而不是妈妈呢？

娘说到这儿把脸低了下去，娘说：孩子，你爸爸是非农业，叫他爸爸是不过分的。可娘是农业社的烂社员，叫声娘我就很满足了，娘怎么敢高攀那么洋乎的称呼呢？

阿朵说：人家不是有很多人都是叫妈妈吗？

娘说：朵啊，人家的叫妈妈那都是非农业啊，娘没那个资格的啊！

阿朵问：叫妈妈还要有资格？

娘说：怎么会没有呢？娘这辈子能找了你爸爸就很知足了。娘一个农业社的找了你爸爸个非农业。娘这是上辈子不知烧的什么高香。娘怎么能不知足，再让你们叫妈妈呢！人心啊，得有个足的时候，人心不足蛇吞象呢！

阿朵说：娘，你说的我不懂。

娘笑了笑说：你还小，长大就懂了。

阿朵猛然知道，娘看似大大咧咧的外表里面有着很多的曲里拐弯呢。

阿朵把另一张照片藏了起来，阿朵想，要是小孙叔叔来，我一定把这张照片交给他。告诉他，我身边的这株向日葵就是他给我的种子，它已经开花了……

这天晚上睡觉的时候，灯已经拉灭了，阿朵又起身把她的那张照片拿了出来，躺在床上，阿朵就着皎洁的月光看照片，真的，自己真的好漂亮。阿朵想，只要小孙叔叔来，就把这张照片交给他。阿朵闭着眼睛想象小孙叔叔接过她的照片说：阿朵，你好漂亮啊！小孙叔叔说着，就把照片放到了他贴近心口的地方……

# 第十四章

可后来，阿朵一次也没见过小孙叔叔。不是小孙叔叔没有来，那是收秋的前不久，小孙叔叔来了，那次是小芳姑姑和那个半憨子刚下了启没多久。下启就是订婚的意思。小芳姑姑不知怎么就愿意了那个半憨子。下启没多久，小芳姑姑的弟弟到煤矿上当工人了，小芳姑姑也成了非农业，去乡里的纺织厂里上班了。

小孙叔叔来的时候是上午，娘当时在家。娘当时看到小孙叔叔一下子不知怎么说好。娘当然还是笑了，娘说：小孙兄弟，来了？

小孙叔叔当然也是笑着说：来了，嫂子。

娘给小孙叔叔倒了茶，娘想告诉小孙叔叔小芳姑姑的事，想了想，没有说。

小孙叔叔看样子是知道了。小孙叔叔说：小芳的事，是真的？

娘叹了一声，点了点头。

小孙叔叔说：我不相信，我不相信啊。嫂子！说着小孙叔叔的眼圈有些红。小孙叔叔双手插进了头发里，把头埋进了胸前，肩膀一抽一抽的。

娘不知怎么劝说小孙叔叔。娘说：小孙兄弟，想哭，你就哭吧！

小孙叔叔抬起头摇了摇，小孙叔叔对娘笑了。当然小孙叔叔的笑把娘笑得心里酸酸的。小孙叔叔说：小芳这样选择是对的。我应该为她高兴才是……

后来小孙叔叔走了。临出大门，小孙叔叔回过头来给娘说再见的时候，他看到了那株向日葵，小孙叔叔又回了过来，站到向日葵旁说：嫂子，这株向日葵长得真高啊！

娘说：是的，这都多亏了阿朵。阿朵宝贝似的照看着，不然，长不这么粗壮的。

小孙叔叔说：是啊，是啊。拴在一旁的花羊咬了一下小孙叔叔的裤子。原来的小青羊被娘卖了，光留下了小花羊。小花羊现在是大花羊了，这段时间正在发情，本来这几天想给大花羊去找公羊的，娘一直没去，想等着爸爸来，让爸爸牵着去。

小孙叔叔用手拍拍小花羊的头，小花羊感觉很受用，就用头蹭小孙叔叔的腿。小孙叔叔看着向日葵，叹了口气说：嫂子，你家里很适合栽向日葵的，收了种子，明年多种些吧。

娘说好，明年就多种！

小孙叔叔就走了。看着小孙叔叔的背影，娘的心一酸，泪哗地流了。

当然小孙叔叔也哭了，是在出了村子之后。小孙叔叔下了自行车，小孙叔叔望着村里小芳姑姑家的方向，泪汩汩地流了。流了大约有一水桶吧，小孙叔叔感觉心里好受多了，小孙叔叔就把泪抹了，回县城了……

没过两天，爸爸回来了。吃过晚饭阿朵曾听娘说过一些没头没脑的话。娘说：小孙看样子很难过，可他还是给我笑着说话。我最想不明白的是，小孙临走了，又回过头来看了咱家南墙边的向日葵，说咱们家适合种向日葵的，并让我收了种子，明年多种些。他说这话是什么意思啊？

爸爸叹了声，爸爸问：见小芳了吗？

娘说：小芳没在家，怎么见？

爸爸叹了声说：哎——

娘说：你叹什么气呀，这事又不是你做的。

爸爸说：咋不是我做的呢？我是在丧天良啊——

后来到了秋收，向日葵的叶子都干了，该砍向日葵了。是娘和阿朵一起砍的。用的是小芳姑姑家的砍刀。向日葵长得小树一样粗，娘砍了好大一会儿，终于砍倒了。可令阿朵和娘想不到的是，向日葵所结的种子都是瘪的。娘说了一句脏话：奶奶的，没想到，向日葵还有公的？！

阿朵也更想不到她辛辛苦苦种的向日葵会给她这么一个结果，那一刻，她的泪哗地流了。哭得很委屈。她想，以后见了小孙叔叔，我该怎么说呢？还有让她不明白的，明明开了花，怎么会不结种子呢？

怎么会这样呢？阿朵这么想着的时候，已上初二了。初二的功课紧，新增了几何、物理等新课程。老师经常说，你们一定要抓紧，不抓紧你们可要后悔一辈子啊。因为，这一年就决定你们一辈子啊！

阿朵也想有个好前程，小狗小猫都想好，这个世界上谁不想好呢？谁不想有个好前程谁就是傻瓜，阿朵不是。阿朵就先把心收了收。说起来心是会很好收的，就像渔网，只要抓住纲，纲举目张。一收，就收成了一个球。把球放哪里呢？想了很久，阿朵只好把它放在了心底。后来她才明白，那叫记忆。只是，每到夜深人静的时候，阿朵会把自己在向日葵下照的那张照片拿出来，好好地看——

阿朵看的是那株茂盛的向日葵……

# 第十五章

见过大孙叔叔之后，阿朵知道她要回南方了。临走的时候，当阿朵让弟弟阿东把她送到在他们这个县城的火车站的候车室时，就把阿东支走了。阿朵心里有个预感，她的大孙叔叔会来送她。

真的，她看到大孙叔叔的身影了。大孙叔叔进了候车厅。在四处张望。她给大孙叔叔招了招手。大孙叔叔看到了，急匆匆地过来了。大孙叔叔手里提着一方便袋水果。跑得满头是汗。阿朵忙迎了上去。大孙叔叔看到阿朵，激动得上气不接下气。他说：刚才给你爸爸打电话，问你什么时间回，你爸爸说是今天上午十一点的车。我连假也没请就往火车站赶，恐怕见不上你呢！

阿朵说：谢谢你，小孙叔叔。

大孙叔叔笑了，满脸的褶子笑成了一朵花。大孙叔叔说：谢什么，我就想给你送点水果，回深圳的路好长的，你留在路上吃。

阿朵说：其实也就一天一夜的路程，很好消磨的。

大孙叔叔抬头看看候车室的表，离开车的时间已经很近了，大孙叔叔说：你这一走，不知什么时候再见面。哎，从上次到现在有二十多年了吗？

阿朵沉思了一下说：二十三年了吧。

大孙叔叔说：岁月催人老啊。

阿朵猛然想起什么似的，她知道，她有一样东西一直想送给小孙叔叔，可一直没有机会。这次见了，不知什么时候再见啊。阿朵想，还是给了吧。阿朵就从书包里掏出一个小包，那是放隐秘东西的。她从里面拿出一个塑封的照片。照片很老旧了，有些发黄，但还是看得很清楚。一株向日葵下站着一个瘦细的大眼睛女孩。

阿朵说：小孙叔叔，认得这个照片吗？

大孙叔叔接过，仔细看了看那个照片，又看了看眼前的阿朵，说：是你吗？啊，不像啊？

阿朵说：我是说这株向日葵。

大孙叔叔说：向日葵？噢，还真是呢。这株向日葵好高啊！一定会收好多瓜子的！

阿朵摇了摇头，说：很遗憾，一粒瓜子也没结。

小孙叔叔也叹了口气，说：怎么会呢……

这时剪票开始了，阿朵只好和大孙叔叔握手告别。坐在了窗口，阿朵看了眼在向她挥手的大孙叔叔，又看了看手中的那张照片，那个向日葵下的女孩的笑太傻了，真的，太傻了。阿朵看了眼向日葵。向日葵还是那么茁壮地茂盛着。阿朵知道，不能再带着它了。于是，她起身走向那个半敞的车窗，把照片向窗外丢去——

照片在秋末打着一个旋，落在家乡的土地上……

这时，阿朵接到亚菲的一个信息：我怎么给王克回话啊？

阿朵知道，她该怎么做了。

她拨通了亚菲的电话……

# 下部
## 阿东的画书
ZIQINGCHUN

# 第一章

接到姐姐阿朵的电话时，阿东刚到幸福人医药超市的门口。这几天上火，口腔溃疡，阿东想买点去火消炎的药，再买点西瓜霜什么的。阿东想，以前嘴里从没溃疡过，是不是最近这几天酒场多的事？正想着，《两只蝴蝶》唱起来了。

阿东的手机铃声设置的是庞龙唱的《两只蝴蝶》，就是"亲爱的，你慢慢飞，小心前面带刺的玫瑰；亲爱的，你慢慢飞，穿过丛林去看小溪水……"看来电显示，是姐姐阿朵。阿东按下接听键。

阿东说：姐姐，你在哪啊？

电话里阿朵说：我在办公室呢。

阿东问：姐姐你何时回来啊？你可是好久没回来了！爸爸娘常念叨你啊！说完这些，阿东想起没问正事，就问：姐姐，有事吗？

阿朵说：这才想起问姐姐有什么事啊？

阿东嘿嘿笑了：刚才忘了，谁让您这么久不给我打电话呢！

阿朵说：是这样的，我过几天回家一趟。先给你说声。

阿东问：你给爸爸说了吗？

阿朵说：还没呢。我想先给你说，不给爸爸说，到时给爸爸一个惊喜！

阿东说：这样也好，不然，你说了，老爸会天天打电话问我的。问你什么时候回来呢！你看，老爸老着老着老成碎嘴子了。

阿朵说：不允许你这样说爸爸！爸爸那是关心我们，疼我们，知道吗！

阿东说：咋不知道呢！我也是快三十四五岁的人了，也是孩子的爹了，这点事能不懂吗？姐姐，你到底什么时间回来啊？坐火车还是飞机啊？

阿朵说：票还没买，什么时候回，我会第一个给你说的。就这样了阿东，我还有事。阿朵挂了手机。

姐姐阿朵要回来，阿东很高兴。姐姐有两年多没回家了。这次是怎么了，想起回家了？阿东想：可能姐姐找妥对象，领家里来给父母看看呢！

说起姐姐找对象，阿东就是弄不明白，姐姐阿朵的条件，那是没说的，要容貌有容貌，要才华有才华，并且还是一个公司的部门经理。可就是没找到一个她中意的人，所以说到现在，还是庙门前的旗杆——光棍一根。为此，姐姐阿朵的婚事不光是爸爸妈妈的心病，也是他当弟弟的大心事！

阿东推开医药超市的门。药店里人不是很多。阿东挑了几板三黄片、黄连上清片，然后买了西瓜霜。卖药的小姑娘说治疗口腔溃疡用冰硼散最好，价钱低，好得也快。阿东买了一瓶，然后到收银处。这时，阿东看到一个人，是个女人，四十多岁，穿得很素雅，显得很文静，一看就是知识女性。本来，阿东是没多注意的，阿东没有多看女士的习惯。可那女人的声音太好听了，清爽爽的，甜润润的，好熟悉。阿东不由得对那女人多看两眼。第一眼时，他看到女人眉心的那颗痣。痣不是一个圆点，而是心字状的。这个痣太熟悉了，它已深深长在阿东的生命和记忆里了。阿东心里一阵激动，难道，是她？他就又看第二眼。第二眼阿东就看仔细了：脸还是以前的脸型，只是没以前红润饱满，脸上也有了皱纹，特别眼角，虽保养了，可一笑，还是能看出细碎的鱼尾纹。唯一没变的是眼神，虽没以前那么明亮、清澈，但还是那么亲切、温暖，充盈着关爱。是她，一定是的！虽然离开二十多年了，这个眼神一直闪耀在他的脑海里，在他的记忆里。

阿东走过去，对那女人笑了一下问：请问，你，你，你是周、周梅老师吧？

女人抬起惊讶的脸看着阿东。她皱了一下眉问：你，你是？……

阿东知道眼前这女人就是周梅老师了。他很激动：周老师，你不记得我了？我是小东啊！

女人自语：小东？……

阿东知道周老师正在记忆里搜索自己的名字。看来，周老师的学生太多，他不知自己躲在周老师记忆的哪个角角里。阿东清楚，有必要给周老师提醒一下：你忘了，我是鲍沟乡闵家庄学校的，我姓苗，叫苗东！

周梅老师点点头：过去二十多年了，那时，我刚在咱们滕县师范毕业，就分配到你们村小学了。

阿东知道周老师还没想起他。他在周老师记忆里埋得太深了。深的原因是有二十多年的岁月做土壤。就又提醒：我父亲当时是我们乡文化站的站长。我就是经常去乡文化站图书馆给你拿画书的那个苗东啊！

周老师啊了一声说：苗东！你是苗东？就是那个坐在前排的班长，一说话就脸红……说到这儿，周老师的脸红了。

阿东说：对对对。

周老师又仔细看着阿东，摇摇头：和我记忆里的苗东一点都不像啊！你看你，现在是长脸，我记得你过去可是圆脸啊！

阿东就笑了说：周老师，我那时是小，岁数一大，就都长变了。从你离开我们闵家庄学校之后，我们一直没见，要不是你眉心的这颗痣，你的声音，我还真不敢认你呢！

周老师说：是吗？

阿东点点头：周老师，别忘了，咱们二十多年没见面了！

周老师轻声说：是啊，二十多年了，岁月催人老。你看，我都老了！

阿东说：老师，你不老，你和二十年前一样漂亮！

周老师的脸有些红了，笑着说：现在是落日黄花了，咋能和二十多年前比呢。说着周老师长叹了一声：岁月无情啊！

周老师买的是一些妇女用的药，阿东就争着给周老师付钱。周老师不让。阿东说：学生给老师付钱这不是应该的吗！说着就把刚领的稿费一张百元大钞交到收款处……

之后阿东和周老师走出药店。阿东还有很多的话，想给周梅老师说。看看时间，已到十一点了，阿东想请周梅老师去吃饭。周梅老师拿出手机看看时间，之后说：我还要再买点菜，回家给我家先生和孩子做饭呢。这样，改天吧。改天我请你吧！

哪有老师请学生的，我请你！阿东说。

周梅老师说好。那就这样。我先回了。

阿东就看着周梅老师的眼睛，他发现周梅老师眼里都是温暖，和小时候一样，不由得他不听。他对着周梅老师的眼睛点点头，无可奈何地说：好吧。

阿东留了周梅老师的手机号码。之后，周梅老师就走了。

周老师的背影一点也没变，还是像从前那样美。看着看着，阿东仿佛又回到十一岁那年的夏天——

# 第二章

那一年，阿东上五年级。

阿东的成绩在班里一直都是前三名，并且，年年是他们班的三好学生。当时的闵家庄学校是小学和中学连一起的。语文老师叫王好，四十四五岁，他常和别人说他属驴。他们当时就纳闷，十二生肖里没驴这个动物啊！后来才明白，男人说自己属驴，那是这个人的岁数已近四十五岁了。因为这年龄，上有老，下有小，就像人爬泰山，已爬到十八盘上，正需要一鼓作气一往无前向前冲。不然，就什么都前功尽弃了。王好老师原不是教语文的，他代七年级的物理。他代的那个班，听不懂他的课，好多时候，学生们一问三不知，三问九摇头，气急了他就说那班学生是花岗岩脑壳，油盐不进。为此，同学背后叫他"花岗岩"。

本来代着语文的"花岗岩"老师那年调乡里中学了。周梅老师就是这个时候来的。来的那天阳光灿烂，那是夏日里最美的日子，直到今天，阿东想起来那天的太阳，他感觉，那是他一生中最美的太阳，是他一生中最温暖的阳光。

那天阿东正在校园里玩。记得当时是玩沙袋，就是用布缝一个小拳头那么大的袋子，里面装上沙子。很多人的沙袋直接把布对折，缝成长口袋形的。可阿东的沙袋不这样。阿东的沙袋是姐姐阿朵的，阿朵手巧，她缝的沙袋精致好看，就是用六块正方形的布沿着边用针缝成一个正方形，里面灌的也不是沙子，而是玉米。这个沙袋是阿朵自己缝的。阿朵玩了没几天，就被阿东要过来了。一下课，小伙伴们就玩阿东的沙袋。

那天也和往常一样，阿东和小伙伴们玩踢沙袋。正玩得热火朝天，周梅老师走进了校门。周梅老师是由公社教委里的一个领导领来的。那个领导有些败顶，头上仿佛顶着一个太阳。有这么个太阳照耀着，周梅老师一进校门就引起全校园同学的注目。当时正是课间时间，和秃顶领导一起，周梅老师太引入注目了：她穿一件水红的上衣，仿佛一朵燃烧的云，又仿佛三月里一朵怒放的桃花，绽放着青春的鲜艳和光彩。一条垂到腰间的大辫子，随着身姿的走动，左右摇摆，摆出青春的妩媚和柔情。一校园的眼睛都被周梅老师的身影拽住了，都随着她向老师的办公室里走。

阿东他们当时玩沙袋正玩得起劲。周梅老师来到他身后的时候，他也不知道，他正两眼紧盯着狗子，准备接狗子踢来的沙袋。狗子的脚踢起了，阿东两眼紧盯飞来的沙袋，端着自己的衣襟去迎接。沙袋接住了，他却一下子扑倒在地上。周梅老师正走在他身后，一把拉起他，问：没事吧？

阿东两眼定定地看着眼前这个仿佛天降的女老师。这老师好俊，仙女似的。阿东忙摇头，摇得好慌。周梅老师看他不像有事的样，就用手抚摸一下阿东的头。周老师的手很柔软，很绵舒，很温暖，摸在头上，阿东说不出的舒服。她的手比妈妈的手还亲切。阿东有一种酥酥麻麻的感觉，像电流在身上走过一样。这种感觉从没有过，阿东不知道，自己这是怎么了，小孩子家，咋会有这种感觉呢！

之后，校长从办公室里迎出来。办公室是个三间通的大房子，所有的老师都在里面办公，校长也在里面。校长离老远就伸出都是骨头的手说：哎呀，白主任，欢迎欢迎！说着快步来到头上闪着太阳的白主任身边，握了手，然后手一指一旁的周梅老师说：这个就是你上次开会时说的小周老师吧？

白主任说：是啊是啊。接着白主任给小周老师介绍：这是闵家庄学校的黄校长。

小周老师给黄校长鞠了一个躬，说：黄校长好！

黄校长说：小周老师，欢迎欢迎！之后他们一边说着一边向办公室走去。

阿东和小伙伴们知道了新来的这位是小周老师。阿东定定地看着小周老师的背影。小周老师的背影很好看，阿东想不出用什么样的好词来形容，就觉得，非常非常的美。一走动，那条摆在身后的大辫子来回甩着，像一只翩翩起舞的蝴蝶，在小周老师的腰间飞。看着那蝴蝶的飞舞，阿东不由吞咽两口唾液。心想，小周老师要是能回头看我一下，那该是多么美好呀。

小周老师仿佛知道阿东的心事，走着走着，回过头看了看身后，她脸上荡着笑，看到身后无数个眼睛都在望着她。当然，望着她的眼睛都有疑问，其实所有的疑问都在问着一个问题。那个问题她很清楚。

她的目光停留在手里拿着沙袋呆呆望她的阿东身上。也许是看阿东可爱或者是因阿东呆了，也许是有别的什么原因，小周老师就对着阿东一笑。当然，那一笑是轻轻的，像姐姐阿朵后来种的向日葵开放时的那种轻，那么的柔，那么的美。阿东看着小周老师的笑一下子不知自己是谁了。他心里只有一个感觉，要是一辈子能拥有小周老师的这种笑，该是多么的美啊！

小周老师和黄校长还有一起来的白主任进办公室了。几个小伙伴就围到阿东的身边。几个小伙伴看到阿东还没从小周老师的笑中走出来，就说：阿东，你怎么了，魂被这女老师勾走了？！

阿东明白走神了，脸在不知不觉间就红了。不光红，还感到了发热。伙伴们的那一句话，好像把他隐藏的秘密一下子暴露出来了，他感觉脸上有火在燃烧。烧得他气发短，心发慌，像偷了人家东西被抓住似的那种丑。他想给小伙伴们说：你们的魂才被勾走了呢！在他想要说的时候，上课铃响了。他慌慌地往厕所里跑，一下课，他光慌着玩了，还没去厕所撒尿呢！

从厕所出来，阿东一边系着腰带一边往教室里跑，边跑边想：要是这个新来的小周老师来教他，那该多幸福啊！

阿东被自己这个想法激励着，他在心里不由得念了句"毛主席保佑"！这时，阿东被自己突然想出的一个词惊住了。幸福，怎么就想到幸福呢！想到幸福，他的脸又不由着起了火……

这堂课是语文课。本来语文课是校长代的。这次是教导主任来代的。教导主任是六年级的语文老师，以严厉著称，手里常年拿一根教杆，一发现学生不注意听讲就使劲用教杆敲课桌。听他们班的学生说，他们班的人都挨过他的教杆。班长都挨过，女生更不在话下了！

看是教导主任来上课，大家都知道他的教杆厉害，可能是大伙都惧怕教导主任的教杆，这堂课出奇的静。教导主任只是说：公社里来领导了，这堂课我来给大家上，请翻到第二课……

上午回家吃饭的路上，阿东是一个人走的。以前都是和狗子几个一块儿回。狗子家离他家不远，放学上学狗子都要经过他家门口。这一次阿东是"单打羊"。

"单打羊"是这儿的俗语，就是做什么都是一个人的意思。阿东这次故意没和狗子他们一块。不知为什么，他觉得，他好想一个人待着。这是为什么呢？直到很久以后，当阿东爱上一个叫红袖的女孩子时，他才知道，自己心里开始有秘密了。

# 第三章

下午来上学时，狗子问阿东今天怎么了？怎么不和他一块走，他什么地方做错了，得罪你阿东了？阿东说你没做错什么，也没得罪我。

狗子叫闵祥西。小名叫狗子。他们这儿的人都有两个名字。一个小名，一个大名。小名是吃奶时叫的，大名是长成大人的时候用的。当然，还有一个名字是外号。比如"花岗岩"，就是王好老师的外号。有时啊，人的名字不如一个外号响亮。比如，常和他们一块玩的伙伴有一个叫小旭的，大名叫闵凡旭。小时候眼睛上火，眼圈一年四季常揉得发青，大伙给他起了个外号"大熊猫"。意思是他有一个熊猫一样的眼圈；还有一个叫小勋的，大名叫王勋。长得胖，屁股大，一跑起来，就像鸭子似的屁股往两边甩。大伙就给他起了个外号叫"鸭子腚"。有次，阿东和几个同学聚会。当然这几个同学都是小时的同学，现在到南方的城市工作，回来歇年休假。阿东给他们接风。阿东说，我再喊两个同学陪你们，你们都认识的，就是闵凡旭和王勋。这几个同学怎么也想不起来这两个同学。就问阿东：你说的这两个是咱同学吗？阿东说咋不是啊，咱们一块上到毕业的啊！那几个同学说：咋记不起来了呢？阿东说：他们两人当时在咱们班好有名的。我说一下他们的外号，你们也许一下子就想起来了。闵凡旭的外号叫"大熊猫"，王勋的外号是"鸭子腚"。一说外号，那几个同学马上说：是他们俩啊。记得记得，咋不记得呢！哎呀，名字肯忘，可外号能记一辈子啊！

其中李涛同学说：我那时是咱们班个子最矮的一个，也是最小的一个，大伙不是给我起了个外号叫"小萝卜头"吗！阿东说：我记得当时刚演完电影《在烈火中永生》，和江姐关在一起的有一个小政治犯，叫小萝卜头。那个小孩很可爱，我和鸭子腚就把这个名字移到李涛身上了。说完大家就笑了说：谁能想到二十年后，咱们的小萝卜头成了我们人人都比不了的大块头了！


狗子看阿东不生他的气，悄悄地说：哎，来的那个女老师，有可能做咱们的班主任！

阿东的心一下子跳到嗓子眼：你，你听谁说的？

狗子神秘地说：我听校长说的。

阿东把嘴一撇：你在哪儿听校长说的？

狗子说：在厕所里。

阿东说：你别胡咧咧了。校长去咱们的厕所？

阿东知道，他们学校老师专有一个厕所，那个厕所挨着他们的厕所。上面写着"教职工专用"。

狗子说：谁骗你谁是小狗！上午放学了我去厕所，正好校长和那个教导主任也去厕所。我听他们谈话时说的。教导主任问校长，新来的这个女老师你让她代哪个班？校长说：让她代五年级吧！教导主任说：她行？校长说：人家是师范毕业的，代五年级，小菜一碟！

阿东对狗子的话半信半疑。但不管怎么说，狗子传递的这个信息很重要。可小周老师真的会当他们的班主任，代他们的课吗？要是真能来代他们的课，那可是太好了！

阿东按捺着内心的激动，说：骗人，不会的！

狗子急了：我什么时候骗过你？谁骗你谁是这个！说着狗子用手做了一个乌龟爬行的动作。

阿东说：你现在不在骗我吗？

狗子说：我咋骗你了？

阿东说：我们的厕所那么脏，校长咋会去我们的厕所解手？这就是骗人！

狗子一脸委屈地说：我又不是校长，我咋知道呢！……


下午第一节课是语文课。上课铃响了好一会儿，黄校长领着小周老师来教室了。阿东是班长，看黄校长带着小周老师来了，光想着狗子的话，忘了喊起立。同位"鸭子腚"用手拉了一下他，低声说：喊起立啊！阿东猛醒过来，知道自己脑子开小差了。黄校长再有两步就到讲台了，就回头看了一下阿东，阿东的"起立"声很洪亮，同学们都站起来。黄校长和小周老师来到讲台上。校长向下看了看，点了一下头。阿东才喊：坐下。

黄校长又仔细地看了一下人数，问：苗东，闵凡旭怎么没来？

阿东回头看看不远处闵凡旭的座位。那儿空空的，很显眼。就站起来回答：上课之前还看到过他呢，可能去厕所了吧?

正说着，闵凡旭在门口喊"报告"。看他气喘吁吁的样子，准是去厕所了。黄校长今天没有发脾气，搁以往，早就开始批评了。黄校长最反对的就是听到上课铃往厕所里跑。说这样的人没出息：老牛上套，不屙就尿！今天，黄校长破天荒地没有批评"大熊猫"，只是笑着说：进来吧!

黄校长开始说话了：同学们，我来给你介绍一下，这是周梅老师。是咱滕县师范毕业的，今后呢，她当你们的班主任，代你们的语文。我呢，学校的业务多，以后专做学校的管理，就不代课了。你们呢，好好听周老师的话。好好学习天天向上！来，让我们用热烈的掌声欢迎周老师!

同学们早就盼着不让黄校长这个"老古董"来代课了。黄校长因常年脸上不带笑丝，像刚出土的文物，大伙给他起外号就叫"老古董"。今天听说他终于不代他们课了，感觉真是"解放区的天是晴朗的天、解放区的人们好喜欢"。都使劲鼓掌，很热烈，真的有点惊涛骇浪，持久不息。阿东感觉，他的手都拍红了，麻溜溜的。

之后周梅老师说了一些客套话。怎么说的，阿东记不清了。大致意思是说，她能来这里代我们这个班级，很高兴，以后她要和我们一同学习，一同进步。共同把成绩搞上去，等等。之后，"老古董"就离开了，周梅老师就开始讲课了……


那一课讲的什么，阿东记不清了，他只觉得周梅老师的声音很好听。银铃似的，很清脆。以前一直听"老古董"那破锣似的公鸭子一样的声音，现在乍听到周梅老师这么清爽甜美的声音，全班同学都有些激动。有一件事阿东记得很清楚，那一课，他们班上非常的静，从没有过的静。就连一上课肯打盹的"鸭子腔"，两只眼睛也瞪得酒盅一样大，那专注的神态，连阿东也感到好笑。

怎么会这样呢，直到若干年后，阿东才明白，那是全班同学都喜欢上了周梅老师的缘故。

# 第四章

阿东决定给周梅老师打个电话。这是在遇到周梅老师的第二天上午。阿东处理完了单位的事，中午正好有空。阿东调出周梅老师的电话，看着周老师的号码，阿东沉思了一会儿。阿东就想起周老师上完第一天课的事。那一天，他和狗子打架了。

那是在放学的路上。狗子和阿东一块回家的。当然话题是狗子挑起的。狗子问：苗东，你今天怎么回事？

什么怎么回事？

老师进教室门了，你怎么忘了喊起立？

当时他没说什么，支吾了一下：我也不知道是怎么回事。

我知道，狗子说：我知道是怎么回事！

你说是怎么回事？

当时周老师一进教室，你一下被她吸引住了！敢情你喜欢上她了呢！

你才喜欢上了呀！

我当然喜欢上了。我喜欢上了我敢说，不像有的人，喜欢上的不敢说！

你胡说！

咱们两人有一个人在胡说呢！

狗子说完就嘻嘻地笑了！那笑很轻蔑，也很自豪，这让阿东从心里受不了。本来这是他一个人的秘密，可如今让狗子一说，这秘密就暴露在光天化日下，还有最主要的一点，周梅老师是自己喜欢的，可他没想到，狗子这样的捣蛋虫也喜欢。你也不看看你是什么人？你的成绩在班里数第几？你有资格喜欢周老师吗？阿东看着狗子对他嘻哈的脸，其中一个鼻子里还往外流着鼻涕，狗子一说话就吸溜一下，那个往外流的鼻涕就像探头探脑的小老鼠，在他鼻孔里一进一出，好玩得很。就是这样一个脏脸，鼻涕还没擦净呢，你有什么资格喜欢小周老师！在阿东的心中，周梅老师是仙女，是属于他自己的，他不允许别人对周老师有非分之想。过去他看狗子的脸咋没像现在这么难看恶心呢？！看着这张恶心的脸，阿东也不知道自己是怎么举起的拳头，反正这时候，他一拳已打在狗子的脸上……

想到这儿阿东就用手摸摸自己当年打过狗子的手。狗子现在在一个企业里工作，前段时间他们还在一块吃饭。狗子现在的处境不是多好，老婆孩子都在闵家庄，企业效益也不是多好。两个孩子，生活压力不小。虽然狗子和阿东同岁，可两个人坐在一起，只要是不傻的人都能看出阿东比狗子最少也要年轻十岁。

阿东看着打过狗子的手，笑了，就想自己那时候，怎么就出手打狗子呢？那是他们长到这么大的第一次打架。这次打架说到底是因狗子揭穿了他的秘密，让他无地自容，还有就是他们都喜欢周老师。阿东就为自己的举动感到好笑，但他也深深明白，小时候的这种喜欢是多么的单纯和幼稚啊！

阿东看了一会儿号码，之后，把电话拨了出去……

# 第五章

　　周梅老师接受阿东的邀请是一个星期之后的事。阿东打三次电话了。阿东说，周老师，我想请你吃顿饭。周梅老师那几天正好身上来例假，一身的不舒服，就借口推了，说，苗东啊，我有点事，改天吧。没过两天，阿东又来电话，这次是约她出来喝茶。可巧那天，她一个同学的孩子结婚，她又给阿东推了。第二次推的时候她听到阿东的叹息，那叹息里有着失望和无限的惆怅。阿东的那声叹让她心里一阵难受。可，事情就这么巧，都赶一块去了。她只是对阿东说，你的心情我理解，下次吧……

　　现在阿东坐在一个叫"青春年华"的咖啡厅里。阿东先上一杯咖啡，他在等着周老师。不知为啥，他心里有说不出的激动。就在这时，姐姐阿朵来电话了。

　　姐姐说：阿东啊，我的火车票买好了，明天晚上的票，后天下午能到你那儿。

　　阿东说：好啊，你把时间说准，具体什么时间到站，我接你。

　　阿朵问：我回家的事，给爸爸说了吗？

　　阿东说：你不让我说，我能给说吗？我得听姐姐的话啊！

　　阿朵说：这就好。暂时不要说，我回去先办点事，然后再回家。

　　阿东说：好。我听你的调遣就是。

　　阿东刚扣电话，周梅老师过来了。周梅老师今天看样刻意打扮了一下。脸上化了淡妆，让人一眼就看出这是一个精致的女人。米黄色的上衣，米黄色的筒裙，头发挽成一个髻，更显得高贵典雅。

周梅老师对阿东一笑，然后在阿东的对面坐下了。阿东呆呆地看着说：周老师，你好美！还是像第一次见你时的那样，那么美！

阿东的话说得周梅老师的脸微微一红。周梅老师有些不好意思地一笑说：哎呀，老了。我现在老了呀。说这话的时候，周梅老师用手捋了一下耳前的碎发，说：我现在是半老徐娘了。

岁月是把刀，任何人都会被它雕刻得皱纹满面。细看周梅老师，其实还是看出了岁月的无情，脸上的皮肤不是青春时的红润饱满，而是有些发黄，失了水分。从眼角细碎的纹理还是看到了时间的无情和残酷。阿东说：周老师，是啊，我们都老了！

周老师说：苗东，你约了几次，我都有事，没能来，你能谅解吧！

阿东说：现在大家都在忙，我咋能不理解呢！你今天能来，我就很感激了！

周老师说：苗东啊，那次咱们见面后，我到家就回想，我去你们学校，那时才十九岁，并且我在你们那个小学只代了一年课，后来就回城了。毕竟时间已经过去二十多年了。不论如何，无论时间过得再久远，去闵家庄学校是我人生的第一站。我记得我的第一节课效果特别好，全班同学都鸦雀无声。那一课，我一直都记着呢！

阿东说：是啊，你的第一课，我听得可老实了。真的，你的声音真好听。我从上学，那是第一次听女老师讲课。感觉着，特别亲，特别温暖！

周老师微微笑了，她移开话题说：我记得你那个时候脸很白，一看就跟别的孩子不一样。还有啊，班上很多学生都姓闵，外姓的孩子不多。还有就是你爸爸当时在乡里是文化站长。

阿东点点头，笑着说：周老师记起我来了？这时，服务生给端过一杯咖啡，阿东把一旁的方糖推给周老师，周老师摇摇头说：我喝咖啡，不喜欢加糖。

阿东说：我不行，我嫌苦。不加糖我喝不下去的。

周老师轻轻笑了：喝咖啡和喝茶一样，一个人有一个人的喝法。我喜欢咖啡的苦味。岁数越大，我越喜欢。说着她对着阿东一笑，然后又用手抿了抿飘到腮上的碎发，别有一番妩媚。

看到这个动作，阿东想起了周老师给他修改作业的事。

那是小周老师当他们班主任一个星期后的事了。阿东作为班长，不光负责喊“起立”，有时还负责干学习委员的活。当时的学习委员是“大熊猫”。“大熊猫”因借橡皮的事前段时间和“小萝卜头”李涛打架，让“花岗岩”老师把他的学习委员撸了。学习委员要干的活就由阿东一篮子挎了。

学习委员干的活就是同学们有不会的题负责给讲解；最主要的是按时收发作业本。阿东记得那是周六的上午，他把同学们做好的作文作业交到办公室。上午快放学时，周老师把他叫住了，说：你写的作文我看了，写得很感人！周老师说着用手抚摸了一下他的头。手很温暖，阿东说不出地快乐！他感觉脸在发烧。周老师之后又问：你下午能来学校帮着老师一块批改作业吗？

他本来答应和“大熊猫”一起去摸鱼的。这是“大熊猫”偷偷告诉他的，说东边铁路沟里水干了，水里有很多鱼。前两天，他和“小萝卜头”两人捉了好多呢！还在里面摸了两条大泥鳅。“大熊猫”告诉他，这事谁也不要告诉，不然，大家都知道了，都去捉，鱼就会被他们捉光了。他知道“大熊猫”为什么这么巴结他，目的是想让他在小周老师跟前多给他说好话，把学习委员还给他。可小周老师这么问他，他心里一热说：行。老师，我没事！

下午他早早来到办公室。办公室里老师不多。有很多老师都是民办代课老师，一到周六下午，就要去地里干活。当时办公室里只有“老古董”

黄校长和小周老师。阿东刚进办公室，看到"老古董"校长在吃药，正把一把白的黄的药片往嘴里倒，一边倒一边咳嗽着。虽咳嗽着，"老古董"校长还抽着烟。吸的是自己手卷的烟。小周老师在说：黄校长，你这么咳嗽，怎么还吸烟啊？你该把烟戒了呀！

"老古董"黄校长咳嗽着说：我这个人啊，除了教学，没什么嗜好，就好这一口。说着长出一口气：我一个星期不吃饭行，可一会儿也离不开烟啊！说着，他取出一个两手指宽的长条纸放到左手心里，右手从衣袋里摸出一把烟丝，缕放到烟纸上，又用右手指甲从牙花子上刮下饭屑作为糨糊抹在纸边上，左手一虚，右手抓住纸的一头一卷一拧，一个大喇叭就出来了。"老古董"校长就在那儿一边咳嗽着一边卷烟。

小周老师看阿东来了，对阿东一笑，然后指了指她对面的一个椅子，示意阿东就坐在那儿。阿东明白小周老师的意思，听话地坐下。作文已被小周老师改了一半。听小周老师的意思，让他改语文作业，小周老师改作文。小周老师已把语文作业批改一半了。她从中挑出几本做得最好的，也就是字写得最干净、答案最正确的交给阿东说：苗东，这几本是做得最好的，你照着他们的样子批改。之后又交代：批改作业，一定要一就是一，二就是二。之后再写一下评语。

批改作业这活阿东以前帮"花岗岩"老师干过，早轻车熟路了。就给小周老师点头，说：我知道。

阿东翻了一下小周老师递过来的那几本样本。其中有他的，心里暗喜。他知道，在小周老师心中，他是一个让她喜欢的好学生。这是他一想起来就很快乐和开心的事。

阿东很认真地批改着同学们的作业。边批改作业，边注意观察小周老师。小周老师批改作业的样子很迷人：她皱着双眉，屏着呼吸，左手拿着笔，眼睛看到哪儿，笔就指到哪儿。由于头低着，耳后的头发不由得滑下来，她就会用右手抿到耳后去。有时会放下笔，用左手把左边的碎发抿到左耳后。这动作很女人化，阿东看着好美。左边的碎发捋到耳后不久又会滑下来，小周老师就放下笔，再捋到耳后去。看着这动作，阿东想，我为什么不是女孩呢，我要是，也留小周老师这样的头发，我也会像小周老师这么捋自己耳后的头发……

小周老师看阿东有些发呆，就用右手捋了一下碎发，笑了一下，问：怎么，在想什么？单位上的事？

阿东知道走神了。在学校里，这叫开小差。他的脸红了，不好意思地说：看到你这个捋头发的动作，我想起了你让我批改作业时的事。

小周老师说：是吗？

阿东说：是啊。我记得我那个时候最幸福的事，就是能去办公室替你修改作业了！

小周老师说：是吗？

阿东说：那个时候，咱们班里所有的同学都想去，可他们都没这资格。我是班长，只有我有。同学们就都嫉妒我！嫉妒我能和你在一起！

小周老师问：是吗？

阿东点点头：修改作业的时候，你最爱的动作就是用手指去捋自己耳前的碎发。就像你现在！

小周老师说：是吗？

我还知道，那个时候，你还有一个爱好。

什么爱好？

你，你最爱看画书！

对啊！你还记得？那个时候我真的爱看画书！

我记得我第一次见你看画书时的情景。说到这儿，阿东发现小周老师的嘴巴已经张成了一个"O"了！

看到小周老师的惊愕，阿东的思绪又飘到了那个时候——

# 第六章

那天也是和往常一样，阿东被小周老师通知下午来办公室批改作业。这一次，小周老师先批改完了。然后她看了看阿东，问：还有几本啊？

阿东翻了一下说：还有五本。

小周老师就把他批改过的作业本拿过来翻看，边看边点头说：苗东，你批改得很认真，你的字也很漂亮，将来，你要做了老师，一定会是一个好老师！

阿东说：老师，我的理想是想做一名解放军战士，扛着枪，保卫祖国的边疆。

小周老师对阿东竖了一下大拇指：好，有志气！就是当兵，你一定也能当一名好兵！嗯，能当一名将军！

阿东觉得自己很自豪。能受到小周老师的夸奖，心里咋能不高兴呢！他感觉他是世上最幸福的人。你看，和自己最喜欢的人在一起，并且还得到最喜欢的老师夸他，他就觉得浑身酥爽。今天，多亏没再答应"大熊猫"他们，前几天，"大熊猫"是和"鸭子腚"一块去的铁路沟。虽也捉到一些鱼，几个小泥鳅，和他同桌的"鸭子腚"一身腥味，让他恶心了好几天。对了，听"鸭子腚"说，那一天，他们在捉泥鳅的时候，每人小腿肚上都趴好几条蚂蟥。怎么揪也揪不下，后来是他们用鞋底打下来的。直到现在，两人的小腿肚子还红红的呢！

小周老师说：苗东，你先改着，我看会儿画书！说着小周老师从书包里掏出几本画书。也就是小人书。小周老师捡起其中的一本，阿东记得很清楚，那本是《孔雀东南飞》，是他最不爱看的。阿东喜欢看打仗的，就是解放军打鬼子的。他不喜欢看那些过去的老戏了什么的，如果一本画书里没有解放军，没有枪，他基本上是不看的！

阿东看小周老师看的是老戏，他最不喜欢看的那种，就问：小周老师，你喜欢看画书？

小周老师给他点点头。

阿东直话直说：这本画书不好看。我不喜欢看！

小周老师纳闷：这么好的画书，咋不好看呢？你看，这是王淑晖画的，画得多美啊！故事也好，孔雀东南飞，五里一徘徊，好美啊！

阿东问：这个画书是什么意思？是不是主要说动物孔雀的？

小周老师摇摇头：不是。这是一个很美的爱情故事！你先改吧，我看完了给你看，你就知道了！

阿东说：我是小孩，我才不看什么爱情画书呢！看那个不好，是"七叶子"！流氓！

小周老师问：爱情是很美好的东西，怎么会是流氓呢？谁说的？

阿东用嘴努了努一旁正在咳嗽的"老古董"校长。

小周老师明白了，给阿东扮了个鬼脸，不说话了！两人的对话也许"老古董"校长听到了，他重重地咳嗽一声，起身出去了。


周梅老师也好像沉到了久远的回忆。她轻轻地说：是啊，那个时候，我最爱看的就是小人书。

阿东说：我知道，你特别爱看王淑晖绘画的画书。

周梅老师点点头：你怎么知道？

从你第一次看王淑晖的画书起，我就注意了，王淑晖画的古代仕女那真是太美了。后来，我是见了王淑晖的画书就买。目的是给你看，可我买的那几本，你都给我说，你看过了。

是啊，王淑晖画的小人书很唯美。那时，我几乎把她绘画的都看了。那个时候在你们学校，住校的老师很少，就我自己在校。好在当时年轻，天不怕地不怕。空闲时间也多，学校图书馆里的书又不多，有我也不喜欢看。所以那个时候就喜欢看画书。对了，苗东，你知道那个时候，我为什么常常让你去帮我批改作业吗？

阿东摇摇头：这也正是我想问你的。

周梅老师不好意思地笑了，说：那个时候，我一般一个月回家一次。当时学校里的老师，很多都是民办的，住校的我是唯一的一个。一到周六，放了学，所有老师都回家去忙家里的活了。办公室里就剩下我和黄校长两个人。黄校长是个老古董一样的人，那时岁数也有五十了吧，和我是上下两代人呢！我一个人在学校里很寂寞，所以，我就抽你来帮我批改作业。其实啊，我是让你来陪着我。周梅老师说到这儿，脸有些微微红了。

阿东听了，吃了一惊，说：我当时以为因为我是班长呢！

周梅老师说：正因为你是班长，我才好让你来学校的啊！

听到这儿，阿东说我明白了。阿东说：小周老师，你知道吗，我那个时候，可，可，可喜欢你了！

周梅老师说：是吗？我知道，咱们全班的同学都很喜欢我。只要我去上课，同学们都很听话，都很乖。还有啊，我一般不体罚学生。

阿东说：所以说，后来你走了之后，同学们都很想念你！去年我们几个小学的同学在一块聚会，说起我们上学时的老师，一提你，大家都说，你是从小学到高中的老师中最好的老师！

周梅就笑了，问：是吗？

阿东点点头。

周梅说：那个时候，你给我找了很多画书。我在师范上学的时候，很多女同学都爱看琼瑶的言情小说。可我不爱看，我就喜欢看小人书。很多同学知道我爱看小人书。他们都叫我"爱看小人书的小周"。

噢，我说呢，我说你怎么这么爱看画书呢！当然，阿东说这话的时候，差点说出他的疑惑。因为，经常有一个小伙子骑着自行车来给小周老师送画书。

那一次，也是批改完作业了，阿东就看小周老师的画书。当然了，这一次，阿东从家里把他的画书也拿来了：《鸡毛信》、《沙家浜》、《奇袭白虎团》、《拔敌旗》、《上甘岭》等，有十来本。小周老师看了，说你的画书都是打仗的啊！阿东说是啊。我是遇见打仗的就买。他从中抽出几本说：老师，这几本最好看，打得最激烈！

小周老师看了看阿东递过来的画书，说：这样打打杀杀的，我不爱看。

你喜欢什么样的？

我喜欢爱情故事的！

爱情故事的？什么是爱情？

怎么给你说呢？嗯，是这样，爱情呢是世上最美好的感情，是一个男人对一个女人或者一个女人对男人最真诚最纯洁的感情。也是唯一的感情！

我知道了，就是两人在一起搞对象时的感情！

小周老师点了点头：你的小脑瓜很聪明。嗯，你说得对。是那种感情！那是喜爱之情！

阿东说：老师，我们也喜欢你，那种感情是爱情吗？

小周老师听了脸红起来摇摇头说：爱情是爱情，它和你们喜欢老师的这种感情不一样。

阿东说：都是喜欢，咋会不一样呢？

小周老师用手抚摸一下阿东的头，笑着说：现在说，你不懂，等到以后你长大了，你心中有女孩子了，那个时候，你就会知道了。

阿东说：那要等多久啊？

小周老师：你呀，还得要等几年吧！

阿东心想：老师啊，你别觉得我不懂爱情，我现在这么喜欢你，就是我的爱情啊！

这时，阿东听到门外传来丁零零的车铃声，转身向门外一看，一个小伙子骑着自行车正往办公室这儿来。小伙子二十岁左右，上身穿着白的确良衬衣，下身着蓝的确良裤子。白衬衣的下摆束进了裤子里。小伙子白净面皮，脸上有几个青春痘，红红的，仿佛面案上放了几颗红樱桃，非常醒目。头型看样也刻意修剪过，三七分的学生头，梳理得发缝很清晰，纹丝不乱，显着小伙子精神、文气，利索。

小周老师听到铃声，忙跑出去。阿东顺着小周老师的背影望去，那个小伙子脸上漾着笑，很幸福的那种笑。不用看小周老师的面容，听声音，阿东就感觉到小周老师很甜蜜很快乐，声音就像春天树林里小鸟的欢鸣。

小周老师就和那个小伙子进办公室了。此时办公室还有"老古董"黄校长。小伙子看样子不是第一次来了，他忙说：黄校长好！黄校长看到小伙子，站起来跟小伙子握了一下手说：你来了，你坐。你们聊吧！说着就往门外去！

看着黄校长的背影，小周老师给小伙子吐了一下舌头。小伙子也笑了笑，忙把自己背着的鼓囊囊的书包放到周梅老师一旁的办公桌上，说：你让我给你找的东西和画书我都给你带来了！说着一样一样掏他带来的东西：饼干、中华牙膏、雪花膏，当然最多的就是画书了。这次带来的有十多本，都很新。小周老师很高兴，翻看着画书问：你这是在哪里租的？

小伙子说：我在新华书店买的，租借的能有这么新吗？

小周老师看着小伙子，眼里有一种很深情的东西。小伙子说：租借他们的画本看，像我在城里这样的合算，看完就给送过去了；像你就不合算了，不如买了。过段时间我再来，再买一些新的给你送过来。

阿东这时把作业批改完了，也来看小伙子带过来的画书。画书都是老戏上的故事，像《梁山泊与祝英台》、《碧玉簪》等，还有就是《说岳全传》的几本，什么《岳飞出世》、《枪挑小梁王》、《牛头山》、《藕塘关》等，还有就是《三国演义》里的几本。

小周老师就给阿东介绍：这是我的同学诸葛青，是我最好的朋友！

阿东问：是不是《三国演义》里的那个诸葛亮的诸葛啊？

小伙子笑着说：是啊，诸葛亮是我们的老祖先。

小周老师又介绍阿东：这是苗东。是我们班的尖子生。人很聪明，也很乖！

听小周老师这么介绍自己，阿东心里乐滋滋的，说不出的快乐。

诸葛青像跟"老古董"黄校长一样与阿东握了手。然后转过脸对小周老师说：周梅，你们女生都不爱看《三国演义》、《水浒传》等文学名著，这样不好，你做了老师，更应该多读一些名著，了解一些名著里的故事。我知道你不喜欢看那大部头的书，所以就把《三国演义》的画书给你买来了几本。还有咱们民族英雄岳飞的画书也给你带来了，不知你喜不喜欢！

小周老师看着诸葛青的眼光说：喜欢，咋不喜欢呢！我知道，我在古典文学这方面很缺乏，我一定好好看这些画书，给自己补上这一课！

听周梅老师这么说，小伙子很高兴：你能这么说，我真的好开心！诸葛青说着用手握住小周老师的手。也许是觉得阿东在身边，小周老师忙把手从诸葛青手中抽出，只是用两只含着水雾的大眼睛娇柔地看了诸葛青一眼。

当然这一切阿东都看得清清楚楚。小周老师对诸葛青这样好，阿东说不出的难受，像有刀子在心里划，不光疼，还有些酸，酸得他想流泪。他从没有过这种感觉，他不知这是怎么了，直到十年后，他和红袖恋爱的时候，他才知道，这种感觉叫嫉妒！

# 第七章

看着默默喝着咖啡的周老师，阿东想把他埋藏在心里二十多年的话告诉给她，他想了想，觉得不妥，毕竟过去二十多年了。二十年，能产生多大多远的距离啊。再说了，周老师是不是还是以前的小周老师？那个时候的小周老师就像在身边似的；可如今的周老师，他觉得，就似飘在天上的风筝，虽看着在眼前，可不知道的一阵风，就会把她吹走。

周老师不似以前那样说笑了，岁月的熏陶让她变得成熟而深沉了。不似二十年前，那是一盘清水的年龄，他虽年龄小，可看得清清楚楚；而如今，老师把自己包裹得很严实，像一个茧。

这时，周老师的手机响了。铃声很好听，是古筝《云水禅心》。有一段时间，阿东非常非常喜欢古筝。他喜欢古筝的飘逸和脱尘，喜欢古筝的喃喃和唏嘘，喜欢古筝的轻柔和妩媚，喜欢古筝的清净与凉爽。那段时间，他总认为，乐器大致分两大部分，一是用手演奏的，一是用嘴吹奏的。用手的，包括弹拨和敲打等类。古筝和琵琶一样，是弹拨的。但古筝的悠远和幽怨，抒情和倾诉，这是任何乐器都不及的。

周老师听了电话，脸色变了，说：好，好，我马上过去！

阿东知道周老师遇到事了。就问：周老师，你，你没有事吧？

周老师向阿东一笑说：遇到了一点小事，我要回去。不好意思了！

阿东说：本来，我今天想请你吃饭呢！

改天吧，改天我请你！然后周老师向阿东微笑了一下说：谢谢你的咖啡。说完就用手给阿东摆了摆，离开了。

看着周老师急匆匆的背影，阿东在想，到底是谁给周老师打电话，周老师到底有什么事了呢？！

自从见过诸葛青之后，阿东就暗暗地在心里咬了一口气。见过诸葛青的第二天是星期天，爸爸单位忙，常不回家。这天，阿东吃过早饭就去乡里找爸爸。

爸爸是乡文化站的站长。乡文化站里有电影院，还有一个图书馆。以前一到放假，阿东就被爸爸带到文化站里去。爸爸工作忙，阿东呢，白天在图书馆里看书，晚上就到电影院里看电影。小伙伴们都羡慕阿东。羡慕阿东有一个当文化站长的爸爸。

他们村离乡里有二十多里路。爸爸一般两个星期回一趟家。爸爸工作忙，一忙起来，昏天黑地，阿东算了一下，爸爸是上个星期回家的，这个星期不会回了。阿东就决定去乡里。

阿东是一个人去的。阿东不会骑自行车。那时候，他们村一共才有两辆自行车。爸爸有一辆，那还是一辆大轮的泰山牌自行车。他们村的老余大伯有一辆。老余大伯是村里的支部书记，也就是"一把手"。爸爸的那一辆是乡里给买的。老余大伯的这一辆是金鹿的，听爸爸说过，是村里花钱买的，目的是为老余大伯去乡里开会方便。

去乡里的路阿东知道。他跟着爸爸去过好几次了。跟着娘也去过好几次了。可就是没一个人去过。有好几次想爸爸了，想去乡里找，娘不让。娘说：你小，不认路。他说他认路。从他们家到乡里要经过井林、琉璃庙、郝寨、羊楼、薛钱等村庄。娘怎么也不让，娘说那也不行，你去乡里，娘不放心！娘不让去，是不放心他！

的确，从他们村到乡里是很远，路也很漫长。有次，他记得老师让用"漫长"这个词造句，他就是这样造的："从我们家到文化站的路很漫长，漫长得像一个世纪！"阿东走得气喘吁吁。他一会儿走，一会儿跑。有时他抄近路，当时他还没上初中，还不知道"勾股定理"，"勾的平方+股的平方=弦的平方"这个公式。但他从去乡文化站的这个路上知道，走斜路，也就是走"弦"边，比走一个直角的路近多了。

阿东跑得满身是汗。的确，这个路是好漫长。怪不得爸爸两个星期才回家一趟呢！阿东脸上的汗就像刚淋完雨的落汤鸡。阿东感觉，他的腿都细了。他脱了上衣，系在腰上，用衣袖抹一下脸，继续向乡上跑去！

当阿东跑到文化站时，感觉双腿灌铅一样地酸疼。爸爸在开会。看到满头大汗的阿东，吃了一惊，问：东儿，你怎么来了？谁带你来的？

阿东自豪地说：我自己跑来的！

你娘不知道你来？

阿东摇摇头。

想爸爸了？

阿东点点头。

爸爸说：爸爸也想你。爸爸忙，这样吧，你是去图书馆，还是去看电影？你先玩着，爸爸还要工作。

阿东说：我去图书馆！

爸爸接着叫过文化站里的一个长得很帅的小伙子，是新来的，阿东叫他小孙叔叔。爸爸就让小孙叔叔领着阿东去了图书馆。其实阿东不要人领也知道图书馆在哪。可有小孙叔叔领着，阿东心里很快乐。

图书馆里不光有大部头的书，还有几个架子专门放小人书。那天，阿东挑了十来本，有《红楼梦》、《白蛇传》等，管理图书的是个中年妇女，阿东叫她杨姨。杨姨认识他，说阿东啊，长这么高了，快成小伙子了，上几年级了？

阿东说：上五年级了，杨姨。

阿东说：杨姨，我想把这些画书带回家看，看完再给送回来，好吗？

杨姨说：这里的画书是不外借的。你在这里看可以，但不能离开图书室的！要是那些大部头的书，你可以带回家的！

阿东一听脸长成了黄瓜，喃喃地说：那怎么办呢，我好想把这几本带回家去看呢！

杨姨说：东儿啊，不是杨姨不借给你，是我们图书馆有规定。规定是这么规定的，我不好办啊！

看着愁眉苦脸的阿东，杨姨说：东儿，我给你说个办法，好不好？你去让你爸爸来给我说，你爸爸是我的领导，他来借，我就好说了！

阿东说：这样行吗？我爸爸会不会犯错误？

杨姨用手抚摸一下阿东的头说：傻孩子，你爸爸看这些书，是说明你爸爸爱学习，咋会犯错误呢！

一听杨姨这么说，阿东高兴了，说：好，我这就找爸爸来给你说。

当阿东给爸爸一说，爸爸一口答应说好，我这就去给你杨姨说……

阿东在爸爸那里吃过午饭，午饭后，爸爸说：东儿，爸爸和你一块儿回家。阿东说不了，我自己能回去。我知道路！

爸爸说：你来时没给你娘说，你娘一定找你找疯了呢！我要不回去，你肯定要挨你娘的打呢！……

那天阿东回到家，娘真的找疯了。还没到村口，就见姐姐阿朵手搭凉棚在张望。看到爸爸驮着阿东回来了，长出一口气，高兴地跑过来，叫了声爸爸。之后指着阿东说：娘找你找疯了，你去找爸爸，为什么不给我说一声？看回家娘不揍你！

阿东一听脸当时就长了，怯怯地叫了声爸爸。

爸爸说：怎么样，东儿，爸爸要不回家，你这顿揍肯定是挨上了呢！……

　　当然，当阿东把画书交给小周老师的时候，阿东已忘了娘对他的呵斥。回到家，娘看到他和爸爸一块回来了，用手捂着胸口说：东儿啊，你可把娘吓死了，要是把你丢了，娘可怎么给你爸爸交代啊！说着娘的泪就哗地流下来，像决堤的河。

　　爸爸安慰娘说：东儿是五年级的学生了，没事的！有些时候，不要把他拴得那么紧，男孩子呢，多让他闯荡！之后又转脸对阿东说：东儿，以后不管到哪儿去，你都要先告诉娘，不然，娘能担心死了！

　　爸爸常这样，一这样说，阿东就说爸爸是两面派，是墙头上的草，是汉奸，见什么人说什么话。爸爸就笑，说：东儿在给我扣帽子呢！好，以后你再不听话，我就不说了，让你娘狠狠打你的屁股！爸爸虽这么说，可娘一生气，爸爸还是这么说，一点也不长记性。那一天，要搁以往，娘肯定会打阿东屁股的，娘打屁股用小树条，褪了裤子打。有时，娘不用树条，用手扭。扭得一个屁股蛋像大姑娘含羞的脸庞，红扑扑的。有一次扭得重，像刚煮熟的牛肉。

　　因是爸爸来了，娘没再怎么说阿东。娘显得很幸福，就忙着做晚饭。姐姐阿朵在一旁做作业，姐姐边做作业边说阿东：都怪你，不然，我的家庭作业早就做完了！

　　阿东就给姐姐扮鬼脸，说：就是你和娘大惊小怪，我都是大男人了，我还能走丢了？

　　阿朵说：别不害羞了，还大男人了，你去年还尿床呢！

　　姐姐一句话戳到阿东的痛处上了，他支吾着说：那时候，人家不是小吗……

# 第八章

小周老师接过阿东递给她的画书，睁大了眼睛，问：你在哪里买的画书？

阿东看到小周老师的惊喜，内心说不出地骄傲。你别觉得只有你的同学诸葛青能给你送画书，其实，我也一样能给你弄到的。就说：老师，我不是买的，是在乡文化站图书馆里拿的。

小周老师说：晚上睡觉我有个坏毛病，不看着画书就睡不着。有了这几本画书，我这几个晚上就好过了。听小周老师这么说，阿东心里比在大热天里吃了西瓜都舒服。

之后的星期天，阿东就常去乡里文化站图书馆里换画书。一个人去，孤零零的，去了两次后，阿东就有点嫌路远了。记得是第三次，他是和狗子一块去的。

狗子本不打算去。狗子说："大熊猫"给我说好了，我们要去东边的铁路沟里摸鱼呢！狗子一脸的骄傲：我爸爸最爱吃我摸的鱼了！

阿东说：你不是常说想去乡里电影院看电影吗？你这次要不去，我以后永远不带你去了！

听阿东这么一说，狗子脸上马上显出巴结的神情说：好，我陪你一块儿去！

两个人一路上说说拉拉的，这么远的路，阿东感觉是在不自觉的情况下走过的。那个时候，阿东就明白，有个伴真好，别的不说，就说走路，都比以往走得快，还不觉得累。直到很久以后阿东和红袖结婚了，有了孩子。他才明白人为什么结婚。那就是为了走路不觉得远，不觉得累。

当然了，这次去，狗子被送进电影院，而阿东却去了文化站里的图书馆……

自从小周老师来了，阿东和狗子、大熊猫、鸭子腚等小伙伴在一起的机会少了，在去乡里的路上，狗子告诉阿东说：大家都在说你呢，说你不跟他们玩了，是不是讨厌他们了？

阿东说：没有啊，我从没有讨厌过他们啊。

狗子说：那为什么你不愿和我们玩呢？

阿东说：我也想给跟们玩，可我哪有时间啊！

狗子说：你跟小周老师在一起怎么有时间？

阿东说：我是班长，小周老师让我做什么我就做什么，你怎这么说呢！

狗子说：我看，八成你的魂让小周老师给你勾走了！

阿东说：你胡说！你要这么说，我从今以后再不理你了！

狗子看阿东真的生气了，忙说：跟你说着玩的，你看，你又生气了，这话又不是我说的，是大家说的！好了，算我放屁行不？！

阿东说：你这样说，还差不多，就算你放屁！……

狗子的话让阿东心里起了波澜。他本以为，他喜欢小周老师是他内心的秘密。没想到大家都看出来了。这让他有了一些心慌。他也想在同学身边表现得若无其事，可他太喜欢小周老师了。一天不见小周老师，就感觉过了很多年似的。记得有一天小周老师回家了，到了周一没回来。周一有小周老师的课，课是黄校长代上的。黄校长只是对他们说：你们的周老师有点事，请假了，这两天，我来替她代几节课。那几天，阿东的心像被别人偷走似的，魂不守舍的。他不知道，小周老师到底是怎么了，有病了？人被撞着了？还是家里出了什么事？小周老师是个对工作负责的人。班里的同学们都夸她，就连"大熊猫"，"鸭子腔"等人一说起周梅老师就常说：小周老师是天下最好的老师，是对他们最负责的老师。当然，他们这么说，是因为小周老师对他们每一个人都很在意，很上心。在小周老师眼里，没有孬孩子，孬学生，只有学习上心不上心，用功不用功。小周老师常说：成绩差的好多都是很聪明的孩子，可他们却仗着自己聪明，就不肯用心了，就不肯付出了，结果就比别人落后了，就像兔子和乌龟赛跑，自以为跑得快，就偷懒，结果落后了。不要以为成绩差，只要你从现在开始下功夫，你一定会超过咱们班你认为最好的学生！有时小周老师还鼓舞那些捣蛋的学生说：你们也有能力成为咱们全班第一名的，你们就自甘当倒数第一？！有一次，小周老师给我们班最差的十名学生开小班会说：只要你们比现在提前五个名次，老师就奖励你们！你们说，你们是要钢笔还是笔记本？有的说要钢笔，有的说要笔记本。问到班里常常垫底的"大懒王"闵庆景时，闵庆景脸红了。有些不好意思说。小周老师：你想要什么，给老师说就是。老师不生气！闵庆景低着头说：老师，我不要钢笔和笔记本，老师，我要……我要你抱一抱我！说到这儿，闵庆景的眼里流出泪水。小周老师家访时知道闵庆景的妈妈死得早，一直跟着奶奶过。小周老师就给"大懒王"点点头说：好，你只要提前五个名次，提前三个名次，老师就给你一个拥抱！说着小周老师伸出手指说：来，庆景，咱们拉个勾！闵庆景破涕为笑，和小周老师抵着头，把勾拉了。剩下的几名同学见了，也都纷纷说：老师，我们不要钢笔和笔记本了，也要你的拥抱！小周老师也都和他们一一把勾拉了。

当阿东听说这个事的时候，心里很难受，他以为，小周老师是属于他一个人的，她怎么会答应大懒王这样无赖的要求呢！有次，他跟小周老师在一块的时候，说起这事，阿东说：周老师，你怎么能答应大懒王这样的要求啊？大懒王这样，他不是在耍流氓吗？！

小周老师看着阿东扑哧笑了，说：你小小脑袋，还怪封建呢！他要求让我抱抱，就是流氓了？你小脑袋瓜子里，怎么净是这些乱七八糟的东西呢?

阿东不服气:他是男的,你是女的,他这样要求,就是流氓!就是"七叶子"!

"七叶子"是一句骂人的话。狗长七片肺叶,意思就是这个人是狗。小周老师说:阿东,不许这样说自己的同学。这样对同学不礼貌。你说,孩子要求自己的妈妈抱抱,是流氓吗?

阿东摇摇头。

小周老师说:你也知道,闵庆景从小没有妈妈,他看到别人有妈妈抱着,心里就很羡慕。也想有妈妈来抱他一下。我是你们的老师,就是你们的妈妈,抱抱他,老师觉得很幸福!

这么一说,阿东就觉得自己的脸红了。自己这是小心眼呀,和小周老师的心一比,他才知道,他的心就如家门前的池塘,而小周老师的心就是大海啊!

## 第九章

诸葛青又来给小周老师送画书了。当然,这是期中考试之后的事了。

在这次期中考试的成绩中,"大懒王"闵庆景坐火箭似的,一下子上升十个名次。剩下的那九个,最差的就是"黄花菜"闵祥楚。当看着小周老师在课堂上一个一个拥抱同学们时,眼里流出羡慕,他怯怯地看着小周老师,头低着。小周老师看着他,说:你能提前三个名次,说明你也是老师的好孩子。来,老师也抱抱你!于是,小周老师就用她的双手紧紧地抱了黄花菜。

之后，小周老师用手指点着黄花菜的鼻头说：你记着，你欠老师一个拥抱呢！黄花菜闵祥楚保证：老师，到下一次期中考试，我会提前的，一定的！

小周老师点点头，说：你是个好孩子，老师相信你！之后老师来到大懒王跟前说：你行的，只要你努力，你一定行的！来，说着老师伸出双手，把大懒王紧紧抱在怀里。这一抱，抱得大懒王泪眼汹涌，哇地哭了。他说：老师，谢谢你！我知道娘的怀抱了。老师，我会永远记着你的拥抱的！

若干年后，大懒王闵庆景成了一个企业的老总，当他和阿东在一块儿叙旧时，他还念念不忘小周老师的怀抱，每次说起来，眼里都饱含热泪……


诸葛青这次带来十多本画书。小周老师看到诸葛青，不像以前那么亲热和欢喜了，只是淡淡地说了声：你来了。

诸葛青还是和以前那样对小周老师笑笑。两人走进办公室。老古董黄校长一看诸葛青来了，热情地跟他打过招呼，又像往常一样借故出去了，阿东在办公室里批改着作业。有作业的时候小周老师就让阿东来帮她批改。不批改的时候会让他在办公室里做布置的家庭作业。诸葛青进了办公室，把他书包里的东西一样一样掏出来。边掏边说：这里有什么好？一个乡村破学校，离城又远，你别使小孩子性子了！

小周老师淡淡地说：那你以后，就不要来了！

诸葛青仿佛没听到小周老师的话似的，自言自语：关于你调动工作的事，你知道我受的委屈吗？

小周老师说：我喜欢这儿！就是调，我也不进城！我不想看到你们！

诸葛青看着噘着嘴的小周老师说：怎么，还在生我的气吗？怨我。怨我好吗？！别生气了，好吗？

小周老师说：对你这样的人，我会生气吗？我才不生气呢！只是，我想不到，你是那样的人！

诸葛青说：我今天就是来向你道歉的。你知道吗，周梅，我是真心爱你的！我是真心的啊！

小周老师说：你要是真心爱我，你为什么脚踩两只船，背着我和王雨好？不就因为王雨的爹是当官的吗？

诸葛青的脸红了，说：周梅，你别生气了。我跟她好，还是为了你调动。我向你发誓，我是爱你的！我永远不会变心！

小周老师从包里掏出一张照片，扔到诸葛青的面前，说：你是爱我的，你看看，这是谁？

诸葛青拾起照片，照片上是诸葛青和一个女孩子在灿烂地笑。两个人笑得很开心。阿东看了，呸了一声。

诸葛青看了脸色大变：你在那儿得到的这张照片？噢，我明白了，是不是王雨给你的？

小周老师没有回答，只是说：你走吧。去找你的王雨吧！我，我永远不想再看到你！

诸葛青说：无论你怎么看我，我都不在意。周梅，我是爱你的！

看着诸葛青的样子，阿东说不出的气愤，天下还有这么死皮赖脸的人，小周老师已在撵他了，他还这么死缠着小周老师。于是就说：你走吧，小周老师已经伤心了！小周老师不想再看到你了！

诸葛青说：怎么会呢！她是最爱我的，她的心我是最了解的！

阿东说：可现在，周老师已不爱你了！你没见，小周老师在撵你走吗？

诸葛青说：她还是爱我的。她撵我，因为我伤了她的心！诸葛青接着就收拾一下东西，对小周老师说：周梅，对不起！说完就走了。

对诸葛青的走，小周老师连看也没看。

阿东心里非常高兴。说实在的，一看到诸葛青来，他心里就难受。因为诸葛青一来，他感觉，小周老师的心都在诸葛青身上了，就把他忘了。

他就感觉自己像个灯泡一样，只是个陪衬。而如今，小周老师和诸葛青闹翻了，他阿东心里太快乐了！

但阿东从诸葛青和小周老师的谈话中，隐约地听到小周老师要调动的事，看诸葛青走远了，阿东低声劝哭泣的小周老师：周老师，他走了，你不要哭了！

小周老师还是低声哭。

阿东说：周老师，为这样的人哭，不值得！

小周老师说：我哪是为他呢，他不值得我哭。我是为自己哭的！

阿东知道，这个叫诸葛青的人已彻底伤透小周老师的心了。就问：周老师，你会调走吗？

小周老师说：我不会调走的！我不会离开你们的！

阿东说：周老师，你真好！

小周老师用含泪的眼对阿东一笑。阿东看了小周老师的泪眼就心里疼，就说：周老师，别哭了！为他那样的人哭，不值！

小周老师说：可他毕竟是我最好的同学，我最喜欢的人。可他却伤害我！他却背着我爱别人。

阿东说：老师，以后，我来保护你！

小周老师苦笑了，长叹一声，接着问阿东：你说，以后，还会有人娶我吗？

阿东说：老师，你这是说的什么话？你这么漂亮，谁要不娶你，谁才是大傻瓜呢！

小周老师笑了。小周老师笑起来真好看，说像一朵花那真不为过。像一朵什么花呢？阿东想起村里的果园里有开着的牡丹。就想，小周老师的笑真像盛开的牡丹，那么美。

小周老师摇摇头，长叹一口气：唉！

阿东看小周老师还是叹气，有些慌了，就鼓起勇气说：小周老师，如果没有人娶你，你等着我，等我长大了，我，我，我娶你！阿东说完这句话就觉得脸发红，气发短，脱气似的。小周老师听了，脸上挂着泪，却扑哧笑了，说：好，好，等你长大了，要是没人娶老师，老师就嫁给你！

阿东就使劲地给老师点头……

阿东打开自己的书橱。在最里面搬出一个木箱子。木箱子上着一把锁，是老锁，但擦拭得很干净。阿东打开锁，木箱里面是摞得整整齐齐的画书。画书很新，也很干净。阿东拿起一本，他把画书放到鼻子轻闻，闻到了一股岁月的霉味，还有油墨的味道，但在这些味道里，有一股淡淡的雪花膏气味，那是来自二十多年前的香味，穿过岁月的苍茫扑鼻而至，它是那样熟悉，又是那样亲近，这是小周老师最爱擦的雪花膏。当阿东闭上限，他感觉在眼前，可他伸出手，想去抓住，那气味却仿佛跟他捉迷藏，躲得远远的。他睁开眼，才清楚，过去的永远过去了，永远也回不来了！

# 第十章

这天，阿东正在创作室里写东西，接到姐姐阿朵的电话。姐姐说：阿东，你在哪儿？在做什么？

姐姐，我在办公室，还是老一套。蹲班呢！之后阿东问：姐姐，这几天你怎么不给我打电话啊？你回了吗？什么时间回啊？！

阿东就听姐姐一笑，说：我昨天就回来了。故意没给你说。我来先处理一些事，事处理完了。我想我该去见老爸老妈了！你今天下午有时间吗？

你来了，我的老姐，我能没有吗？！对了，姐夫回来了吗？

什么姐夫啊？你不知老姐，现在还是光棍一个啊！

哎呀，姐姐，你太失败了，三十多岁了，你怎么连个老公都没混上，太失败了！

是啊，老姐真活得失败！

老姐，你现在住哪儿呢？我在哪儿找你？

我现在在你的楼下呢！

好，我这就下去！

阿东对着镜子看了一下自己，自己还算整洁，白白净净的脸上，眼睛还是那么炯炯有神，高挺的鼻梁，帅气而又傲气。当年，红袖爱上他的时候，就说，我最喜欢的是你的鼻子。那么高挺，雅致。还带着一些傲气，好迷人啊！他摸了一下鼻子，是啊，在他整个国字脸上起到点睛之笔的就是他的鼻子了。他对着镜子里的自己皱了一下鼻子，给自己扮了一个鬼脸。


姐姐在楼下，正给谁发信息。姐姐虽是三十六七岁的人了，可跟二十五六岁的差不多。这两三年虽没见，姐姐的容貌变化不是多大。阿东叫了声姐姐。说：来到我门口了，咋不上我办公室去呢！

姐姐笑了，说：我怕打搅你别的同事创作。怎么样，回家见咱老爸老妈一下吧？

阿东说：好啊！你给老爸老妈打电话了吗？

阿朵说：我刚给老爸打完电话，老爸可激动了！

阿东说：老爸昨天打电话还问我，问你什么时候回来啊！我还在纳闷，老爸怎么知道你要回来的事呢！原来是你昨天就已经回来了。

阿朵说：亲人都是有心灵感应的。你没见咱村里的当当和丁丁，他们是双胞胎，一个人感冒，另一个就打喷嚏。

阿东说：是啊是啊。可昨天你来了，我咋没有感觉到呢！

阿朵说：看样子，咱们不是亲姐弟！不然，你咋感觉不到我来了呢？！

阿东就把脸一沉，故意严肃说：嗯，这个事，还真得回家问问咱爸咱娘！

阿朵就扑哧笑了，用手指着阿东的额头说：你个小捣蛋虫，这么长时间没跟姐姐见面了，一见面还不给姐姐说正经话，你什么时间能长大啊！

阿东想对姐姐说：我早就长大了！小周老师来教我的时候我就感觉自己是大人了！

阿东自从给小周老师说过长大要娶小周老师的话后，就感觉自己是大人了。他清楚，他要对他说的话负责。看样子，诸葛青已伤了小周老师的心。他们要是完了，那小周老师爱看画书的爱好就要受到影响。我既给小周老师说我长大娶她，我就得把诸葛青所要做的事担起来。我来供应小周老师的画书。阿东于是就每周都去乡文化站图书室了。每次阿东都是还上次借的，然后再借十几本回来。有一次，赶到星期天，爸爸回家了。那天下着雨。可他为了能让小周老师看上他拿来的画书，冒着雨踏上去乡里的路……

当然，那天回来，他淋成了落汤鸡。可借的画书却让他用自己的衣服包裹好几层，捂在胸前，没有淋着。爸爸看阿东这么爱惜书，就一边给他擦身子一边说：我的东儿是个爱书的好孩子！这样的孩子以后一定会有出息的！

第二天，当阿东把画书交给小周老师的时候，小周老师问：是你爸爸捎回来的？

不，是我自己去借来的。

昨天下着雨，你是冒着雨去的？

阿东点点头。

你，你，你就这样冒着雨，要是把你淋病了怎么办？

没事的，我不会有病的！

你，你真是个好孩子！老师说着，眼里迷蒙了，她一把搂过阿东说：谢谢你！

依偎在小周老师的怀里，阿东闻到了老师的芬芳。那种芬芳有着小周老师的体香，温热、酥软、鲜活、青春，随着老师的呼吸，那心跳的有力也成为青春的芳香，有着月季的奔放，还有着兰花的清幽，当然还有着茉莉的淡雅……那种味道混合着多种香味，当然还含有雪花膏的气息，那种香味是如此迷人，阿东深深吸一口，他要让这口香深深藏在心里。

他好想一辈子被老师搂在怀里，一辈子闻着老师的香……

姐姐问阿东怎么了，怎么不说话了？阿东知道自己脑子开小差了。就对姐姐一笑说：我在想，老爸和老妈看到你的情景。

阿朵说：你不是想这个。绝对不是。

咋不是呢。我是！

你骗不了姐姐的。

你怎么知道我不是想这个呢？

还要我说吗？你摸摸你的脸就知道了！

阿东摸了一下脸，自己的脸有些热。他清楚，刚才想到小周老师的怀抱了。

阿朵说：你的脸告诉我，你的脸红了！

阿东又摸了一下脸，说：不会吧！

阿朵笑了：你肯定又想你哪个女朋友了吧？姐姐可告诉你，红袖是个好老婆，你可要对得起她！

阿东说：姐姐，你说到哪里去了呀！她是我老婆，我能不对她好吗？我要不对得起她，我不是傻瓜吗？

可世上有好多男人喜欢干只有傻瓜才干的事！

阿东笑了笑反守为攻：姐姐，告诉我，这次来，是不是有什么特别的事？

阿朵说：不告诉你！

不告诉我也知道，你是来见一个人的！

当然是来见人的啦，不光是见一个人，要见好多人啊！

怎么样，我说中了吧！

我要见的有你，老爸，还有娘！

不要转移主题。你说，你要见的那个人是谁？

你真想知道？

真想知道。

哈哈哈，你的偷窥欲怎么这么强烈呢？！怪不了柏杨说，丑陋的中国人呢！

你说错了，探求未知恰恰是人类前进的动力！

姐姐阿朵不说笑了，低着声音，我是来见一个故人呢！

阿东没有问是谁，只是笑着说：结果怎么样？

阿朵笑着摇摇头说：不如不见啊！

怎么会这样啊？

是啊，别忘了，咱们都长大了。

是啊，咱们都长大了。

阿东说到这儿，又看看前方的路。马上就要到家了。前边不远，就是他的学校，只是现在，这儿只有小学了……

# 第十一章

过几天就是乡里的古会了。古会也就是以前的庙会。"文化大革命"时，庙被扒了。庙没了，只有吉会还留着。古会就是大集市，一整天的大型生产资料农贸交易。每到这一天，乡里的所有单位，当然包括学校了，都要放假一天。古会一年两个，春秋各一个。

这是秋天的古会，娘带着姐姐和阿东去乡里赶古会。娘给了他一元钱。娘说，给你姐姐一元钱，也给你一元钱，好压腰。"压腰"是鲁南土语，意思是不要让腰包瘪着，让这一元钱撑着钱包，证明自己也是一个有钱的人。阿东接过娘给的这一元钱，紧紧地攥在手心。放包里，他不放心，会上有小偷，他怕小偷偷了。当然，他拿着这一元钱，首先去的是乡上的新华书店。虽然叫新华书店，实际是乡供销社的一个专门卖书的柜台，有一间半屋大小。阿东和姐姐一起到的时候，书店里已经挤满人，都是和他一样岁数的学生。阿东和姐姐好不容易挤上前去，看到书架上摆着的新画书，心里非常高兴。他这次没买打仗的，而是买了新到的《杨门女将》。这是一个比他平常那些大很多的画书，是王淑晖绘画的，里面的穆桂英真是漂亮。看着这样的画书，真是享受！就连那里的坏蛋西夏人，还有奸臣什么的，也是那么好看。直到很久以后，阿东才知道，王淑晖是我国著名画家，是专门画仕女的大家。和贺友直、钱笑呆等人都是我国以绘小人书而成名的大画家。那次，阿东买了《杨门女将》，还有《西厢记》等六本画书。当然，他的钱不够，又借了姐姐五角钱。

回到乡文化站，爸爸见阿东和姐姐出去逛了一天一点吃的都没买，而买了这几本画书，就用手抚摸着阿东的头说：好，好。宁买不值不买吃食，我的东儿，真是一个有出息的好孩子！

只是，姐姐阿朵有些纳闷。在回家的路上，问阿东：你不是喜欢看打仗的吗？什么时间你又喜欢看这些有爱情的画书了？

阿东不知姐姐为什么这么问，就回答：我什么都喜欢看啊！只是我最爱看的是打仗的！只要好看，不是打仗的我也爱看。

回到家，阿东想把他买的这些画书给小周老师送去。可姐姐阿朵要看。姐姐说：买这些画书，你还借我的钱呢！不然，你还我的钱！

阿东没有钱还阿朵，只好让姐姐看。可姐姐一看看了两天，阿东就有些急。特别是这天放学，文化站的小孙叔叔来他们家了，姐姐把他的画书拿给小孙叔叔看。这个画书你看也就是了，没经过我的允许，你拿给别人看，给我弄脏了咋办？阿东心里有气。小孙叔叔看见他了，招呼他：小东，放学了？

他说嗯。之后问：我爸爸呢？

小孙叔叔说：苗站长没有回来。

阿东知道了，因为今天是星期二，爸爸这时候是不会回家的。就又问：我姐姐呢？

小孙叔叔说：阿朵去地里叫你妈妈了！

阿东嗯了一声，这时门外边探进来一个脑袋，看见陌生人，就像乌龟，赶快又缩回去了。只是站在大门外喊：苗东，快点啊！

阿东记得他赶快到煎饼筐里摸出一个玉米面的煎饼，在蒜窝子里抹了几筷子蹾好的鲜辣椒，然后卷好，一边吃一边说：马上好！说着，双手抱着煎饼，吞咽着，像抱着一杆喇叭似的，跑出去了。

当阿东出了门，又像想起什么似的，回过头来交代正在看画书的小孙叔叔：别把我的画书弄脏了。小孙叔叔笑着给他点头。阿东这才如释重负，跑出去和狗子他们玩了。直到不久后小孙叔叔和小芳姑姑走在一起的时候，阿东才明白，这一次，小孙叔叔来他们家，是来和小芳姑姑对象的！


老爸和娘都在门口等着。阿东的小奥拓车来到门口时，娘就迎了上去。见了阿朵，娘眼里噙着泪。娘说：阿朵啊，就你自己回的？

爸爸也过来了，帮着拿阿东车上的东西。边拿边问阿东：红袖怎么没跟你来？红袖是阿东的老婆，在善州城里的一所小学做老师。

阿东就告诉爸爸，我来时给她打电话了，说咱姐来了。她本来也想回家的，可最近学校忙，马上要期中考试了，就没抽出身。

娘在一边说：小虎在咋没跟你来？娘想他了。

小虎是阿东的儿子，今年五岁了，正在上幼儿园，就对娘说：今天不是礼拜天，小虎在幼儿园要上新课呢！所以来时也没带他。等过几天，我把他带回来。

娘说嗯。之后，娘就对阿朵说：朵啊，你什么时间回来的啊？回来之前咋就不给来个电话啊？娘好和你爸去车站接你呢！

阿朵说：给你们说了，怕你们吃不好喝不好的，所以才没给你和爸爸说呢！

爸爸说：我说呢，今天我刚起床，喜鹊就在咱家的树上喳喳地叫呢。我就给你娘说，咱家今天看样子有贵客到，没想到，是俺闺女回来了！

# 第十二章

吃过午饭，阿东回城了，娘也出去了。只有爸爸和阿朵在屋里。爸爸看着阿朵，问：朵啊，你是为你小孙叔叔回来的吧？

阿朵听了心里一惊，她看着爸爸，没有说是，也没有说不是。

爸爸长叹了一口气：哎，怨老爸的嘴快。前段时间，乡里组织我们这些离退休的人查体。我查完了，出了县人民医院的大门，你说咋就那么巧，我就遇到孙向阳了。哎呀，在门口，他看着我，我看着他，我说，你是不是小孙、孙、孙向阳？他也问我：你是不是鲍沟乡的苗站长？！我们就这样见面了！

阿朵说：这些，你电话里给我说了。

爸爸说：我们可是有二十多年没有见面了。哎呀，岁月催人老啊！小孙变化得也很快啊，今年也有四十三四了吧，哎呀，看他的面貌，可比实际年龄大多了！

阿朵不知爸爸要说什么，只是注意地听。

爸爸说着长叹一声：对小孙，我是有愧的。爸爸的头低下了。之后爸爸又抬起头，看着阿朵疑惑的眼睛，仿佛回到了过去。说：本来你小芳姑姑和小孙是天造地设的一对。有一次，你小芳姑姑到文化站找你小孙叔叔，被当时乡里的王秘书看到了，他知道你小芳姑姑是我的邻居妹子，有心想把小芳说给当时乡长的半憨子儿子做媳妇。我说这事不行，小芳已介绍给我们站上的小孙了。现在两个人正谈着。王秘书当时没说什么。没过多久，小孙接到调令调走了。之后，王秘书又找咱村里的一把手去你小芳姑姑家说媒，并说，只要愿意，首先给你小芳姑姑的弟弟解决转非和招工问题。这些事，我也是事后才知道的。

你小孙叔叔说要调到县里文化馆了，我很为他高兴。咱们乡文化站毕竟地方小，对你小孙叔叔以后事业上的发展有很大的制约，能去县里文化馆工作，那可是鱼儿进了大海，你小孙叔叔就有施展的空间了。后来我才知道，这是王秘书使的招，调走你小孙叔叔，目的就是让他和你小芳姑姑隔开。后来呢小孙和你小芳姑姑的事就没成。你小芳姑姑就嫁给了咱乡里一把手的那个半憨子的儿子。值得庆幸的是，你小芳姑姑的孩子倒还聪明，这也算是对你小芳姑姑的一个补偿吧！

上次我跟你小孙叔叔见面了，很惊喜，所以就很高兴地给你打电话了。那天我们在一起找了个小酒店喝了酒，当然是我做的东，我是他的老领导，咋能让他掏钱呢，再说了，他的境遇不是多好。他告诉我，从咱们乡文化站离开后，他到了县文化馆美术科搞美术创作。后来和你小芳姑姑散了后，又跟县纺纱厂的一个女的结了婚。刚结婚那几年，是他最快乐的日子，也有一些绘画作品在省里和北京入选和获奖。后来他们有了孩子，境遇就坏了。

说到这儿，爸爸喝了一口水，然后长叹一声。当然这些，阿朵在昨天和小孙叔叔见面的时候，小孙叔叔已经给她说了，当时小孙叔叔说得轻描淡写。她还是想从爸爸嘴里再多知道一些小孙叔叔的事。

孩子是个男孩，长到一岁半，还不会说话，两人就慌了，去医院一检查，孩子的脑子有问题。他们两口子就去上海、北京给孩子看。说是自闭症。随着孩子越来越大，孩子又出现了新的症状，小脑萎缩。在这个时候，纺纱厂也倒闭了，家里的整个经济压力都在你小孙叔叔一个人肩上压着，再加上给孩子看病，家里已经是百孔千疮了。一这样，你小孙叔叔还有什么心情和精力来进行创作呢！所以说，这十几年来，你小孙叔叔在书画艺术上很平庸，没有什么成绩。我问你小孙叔叔，当时文化馆召开下面文化站长会议，我来开会，咋都没见到你啊？他告诉我，有好多次他都去北京给孩子看病了！

这些年来，你小孙叔叔过的日子用他自己的话说那是一言难尽啊！好在孩子前两年死了，你小孙叔叔才喘了一口气，卸下了心上的一块大石头。唉，岁月真会捉弄人，本来这么有才华的人，没想到，被生活打磨得很木讷，没有一点脾气了。

阿朵听了，感觉心里很痛，是那种不知不觉无根无由的疼。可这又有什么办法呢！当时她在宾馆里听了小孙叔叔的这些话，当即从包里掏出两万元钱，本来这个钱她打算给爸爸妈妈的。如今听小孙叔叔的日子过得这么苦，她要送给小孙叔叔。小孙叔叔说：要是前几年，孩子活着的时候，你给我多少我都会要，我得给他看病，可如今，孩子走了，我就不需要了！

阿朵说：你用这个钱还别人的账吧！

小孙叔叔说：别人也都不是外人，都是很亲近的人，没事的。这几年，我工资比以前涨了不少，已还得差不多了！

后来，小孙叔叔要请阿朵吃饭。阿朵没有让小孙叔叔请，小孙叔叔说什么不愿意，说：小时候，你为我和你小芳姑姑传过多少情报啊，这顿饭我不是请的你，而是请的二十年前的那个小丫头！

阿朵只好答应了。他们去了一家叫"回到从前"的饭店。里面的收拾很简朴，用烟熏的竹子做篱笆，桌子是地八仙。墙上贴的是"文革"时候的画，好多都是"毛主席万岁"的画。阿朵在星级宾馆酒店惯了，乍一进这样的小饭店，还真有回到从前的感觉。

小孙叔叔也不能喝白酒，他们喝的是啤酒。要了他们这儿特色菜"辣子鸡"。又要了两条微山湖的小辣鱼。就是用做家常菜的手法熬的草鱼头子。两个人喝起来。小孙叔叔感慨万千：现在回想起来，我最快乐的时光，就是在乡里跟着你爸爸工作的时候。那个时候无忧无虑，后来又和你小芳姑姑认识了。那是我人生中最美好的时光！

阿朵说：是吗？

小孙叔叔说：当然，你们那里也是我的伤心地。我和你小芳姑姑那么相爱，后来，阴差阳错，我们没有成。也许，我们成了，我就不会是今天这样子了。说着他尴尬一笑。

阿朵叹了一声。没有说啥，只是看着小孙叔叔。

小孙叔叔说：苗朵，真的很谢谢你！

阿朵长叹一声：唉，你们又没成，谢什么呀！

小孙叔叔说：我和你小芳姑姑是有缘无分，其实啊，这都是命！

你也信命？

以前不信，自从孩子死了，我就信了。我就是这个命，受苦受罪的命！

阿朵摇摇头说：不是的，小孙叔叔，你会苦尽甘来的。

是吗？

是啊。以前我娘常对我说：每个人受的罪和享的福都是有定数的。有的人小时候受的苦多，到老就享福了；有的人小时候享的福多，到老就受苦了。

小孙叔叔哎了一声：你娘说得对。很多的东西，有时候不信也不行。我以前是不信的，后来，经得多了，慢慢就信了。总感觉无形之中有一双手在操纵着你，无论你怎么挣扎，都逃不脱他的手心。

阿朵看着小孙叔叔，她想在他身上找出二十年前那个小孙叔叔的影子，找出那种青春的光芒和朝气，找出那种阳光和茁壮，可是，她失望了。眼前坐着的是一个被生活击垮的人。

阿朵心里就很难受，甚至有些可怜，当小孙叔叔拖着沉重的背影离开时，她甚至有些为小孙叔叔可悲了。

当然，这桌饭菜阿朵没让小孙叔叔买单。她是装着去洗手间的时候偷偷结的。小孙叔叔的境遇本来不好，她帮不上忙，就尽量不给他添一些负担。一顿饭钱，无所谓的，她反正一个人。可作为小孙叔叔，内地工资又低，够他处理好多事的啊！

小孙叔叔去付账时知道阿朵已经买单了，越发不好意思：阿朵啊，说得好好的，我来买单，你怎么付钱了呢？！

阿朵一笑：小孙叔叔，我能见见你，就很高兴。再说，我现在单身一人，负担小，付顿饭钱，无所谓的。

小孙叔叔说：可大礼在这儿摆着，我是叔叔，又是在我家门口，你买单，我失礼呀！

阿朵就笑了。如今的小孙叔叔有点迂腐了，不像以前那么精明了。买单这样的事，一句话就过去了，真是无所谓的事。可他却把这样的小事看得那么重，怪不得他被生活击垮了。看来，他不是被生活击垮的，是被自己打败的啊！

小孙叔叔走了。看着小孙叔叔的背影，不知为什么，阿朵的眼泪在不知不觉中流出来，湿了眼，痛了心……

# 第十三章

爸爸说：朵儿。爸爸一直不清楚你为什么找不到喜欢的男孩子。可爸爸知道，你心里一定藏着一个人。这人一定是你最喜欢的，是你心目中的伴侣形象。这个人英俊、潇洒、才华横溢，而且帅气。不要疑惑爸爸为什么这么清楚，孩子，爸爸也是从你们这个年龄走过来的，你们的心思爸爸也都有过。我就想，我的朵儿心中的白马王子是个什么样的啊？是大学里的同学？还是在南方工作的同事？还是在哪儿见到过的男孩？可我从你跟我的谈话里，还有你的言行中没有发现。但我现在知道，你心目中的这个人是谁了。

谁？

你小孙叔叔！

爸爸，你，你怎么知道的？

我是今天才知道的。

阿朵笑了，说：爸爸，你从什么地方知道的？

爸爸笑了说：傻孩子，你别忘了，你是爸爸的女儿。你那些心思，能瞒得了爸爸？我从前段时间见了你小孙叔叔，给你打电话，你当时就问我要了你小孙叔叔的电话，没过多久就赶回来。难道，是偶然吗？别忘了，你可好几年没回家了呀！

阿朵的脸红了说：爸爸，你真鬼。我自觉我长大了，可我没想到，我心里的这点小秘密还是没能瞒住你！

爸爸就笑了，说：我这才逐渐清晰，你心中的那个人，就是你小孙叔叔。我再把过去的事一梳理，特别是你小孙叔叔和你小芳姑姑一块处对象的时候。那时你小孙叔叔一表人才风华正茂啊。朵儿啊，那个时候，你才多大啊？

阿朵说：爸爸，我那年十四岁了。

爸爸噢了一声。十四岁也不小了，知道往自己心里装人了。

阿朵说：那一年，我知道了什么是喜欢。小孙叔叔第一次来咱家，我就在心里喜欢上了。当时仅仅是喜欢，就想，我以后找对象，就找小孙叔叔这样的。阿朵说着对爸爸一笑。

爸爸听了长叹一声：所以说，这些年来，你找男朋友，总喜欢把你见到的男孩子跟你心目中的那个小孙叔叔比。一比，你就感觉到，他们不如小孙帅气，不如你小孙叔叔温顺，不如你小孙叔叔潇洒，不如你小孙叔叔有才气……

阿朵说：其实最主要的是，他们不如小孙叔叔纯洁，干净。在我心里，小孙叔叔像一块水晶似的，没有一点杂质。

爸爸点点头：现在这个社会这么物质，每个人都活得这么浮躁，这么急功近利，像过去你小孙叔叔那样的，真的没有了。即使有，也只是在电影中啊！

阿朵说：爸爸，我相信，有。一定会有的！

爸爸说：孩子，我理解你的心情。我今天给你说这么多，我不是把你作为我的女儿，而是把你作为我的朋友给你说的。

阿朵说：爸爸，我理解。所以，我心里的秘密也没瞒你。

朵儿，爱情有时候和婚姻，和家庭都不是一回事。人往往把爱情和婚姻和家庭混在一块，其实，这不是一个层面的事。爸爸说：爱情是什么，那是两个心的融合，是心与心的颤抖，是浪漫，是牵挂。它是精神层面的。它是活在两个人的内心的，是只有相爱的两个人才能感受到的；婚姻就不同了，婚姻是社会的，是两个人对社会的一个契约。定下这个契约，这两个人就要遵守着组成一个家庭的社会责任和义务。要遵纪守法，生儿育女、尊老爱幼，等等。

阿朵听了就笑了：爸爸，我找男朋友没想这么多，就想找一个我喜欢的男人，他也喜欢我。这样，我们相亲相爱过一辈子，快快乐乐过一辈子！

爸爸说：朵儿，说起来，你的这点心愿其实也不是什么了不起的，也是正常人很平常很平常的心愿。有时候啊，天公就会捉弄人。

阿朵笑了，说：爸爸，我知道你想告诉我什么了。对于我婚姻的事，我明白，我得要做个了断了。

爸爸说：朵儿，其实找爱人，说到底，就是在找伴啊。伴侣伴侣，就是陪伴自己在人生旅途上行走的旅伴。有时候啊，爱情只是活在记忆里啊。

阿朵说：爸爸，我明白了……


阿东还没回到家，就接到"鸭子腚"王勋的电话，问：晚上你没有什么酒场吧？

阿东说：我刚从老家回来。我姐姐回来了，我把她送回老家刚回来。

王勋说："大懒王"闵庆景来了，他要请客，晚上你过来吧！

阿东问闵庆景有什么事吗？

王勋说：他今天心血来潮了，说想请咱们几个"同过窗的"聚聚。

阿东说："大懒王"现在是大董事长了，今天这是搭错哪根神经了，想起请我们来了？

王勋说：他说过了年一直想和咱们这些同学聚一下的，一直忙，没有时间。今天正好来县里办事，晚上说和咱们几个同学说说话。

"大懒王"闵庆景的成绩后来飞速前进，从倒数第一到中下游，再到中等生，再到中上游，初中毕业时，"大懒王"却以优异的成绩考上了枣庄煤矿的技校，在他们那一届同学里，可以说是跑出的一匹黑马。后来闵庆景就去矿上上班了。他交际为人很有一套，后来他们矿上的污水处理厂公开招聘厂长，他招聘上了。后来又兼任矿上的一个三产，叫宏远公司，专门生产经营矿山配件。在阿东的这些同学中，也算一个腰杆比较粗的。

阿东赶到指定酒店时，几个人都已到了。有"鸭子腚"王勋、"狗子"闵祥西，还有"大熊猫"闵凡旭，"小萝卜头"李涛。"大懒王"闵庆景正坐在主位上跟大家说话。闵庆景的声音很洪亮。看阿东进来，就说：快坐，大作家，你要再不来，我们可就要开席了！

之后开始上菜。闵庆景致了祝酒词，说好长时间大家没在一起了，他原计划过了年在一块玩一玩的，因为单位事多，耽误了，责任在他。来，喝起三个酒。几个人积极响应，喝起三个。

酒过三巡，大家拉起了家常。闵庆景带给了大家一个消息：说前几天他参加黄校长的葬礼了。大家一惊。闵庆景说：黄校长得的是肺癌。原来一直咳嗽，后来咳血了，一检查，就是晚期了。黄校长很明白，也没让动手术，说，我的病是看不好的病，看也是白看。他在没死之前让他儿陪着他去北京毛主席的纪念堂看了一下，又去看了长城。看完后，黄校长说：我一辈子最想看的看了，我可以放心地走了。后来他自杀了！

什么，黄校长自杀了？

"大懒王"很沉重地说：是啊，黄校长知道自己得的是判死刑的病，所以他把攒着的安眠药一次吃了。

"鸭子腚"王勋说：这样走也好，不要受罪了。

"大熊猫"闵凡旭说：想想黄校长，就跟在眼前似的。唉，黄校长今年有七十岁了吗？

闵庆景说：死的时候是六十九岁，按乡下的算法，是小七十！

苗东端起酒杯，倡议：来，咱们敬咱们的老校长一杯吧！祝他一路走好！大家都端起酒杯，把杯里的酒泼在地上。

之后酒喝得就有些沉闷，气氛欢不起来。"狗子"闵祥西想把气氛调起来，讲了一个段子，可大家只是笑笑，之后又都像茶壶打了嘴。闵庆景就后悔自己一开始说黄校长的事，影响大家情绪了，就说：咱们每个人讲一个小时候印象最深的事吧！之后就点名让"大熊猫"闵凡旭先讲。

闵凡旭说：那我就先说。小时候印象最深的一件事，就是咱们在上四年级，本来大家选我当学习委员，可我只干了三天，"花岗岩"老师就没再让我干。让苗东兼了！说完就先笑了。

闵凡旭一说，苗东也记起来了，当时真有这么回事。选学习委员时，那一次真选的闵祥西，可刚选完他就跟别人打架，把别人的鼻子都打流血了。"花岗岩"当时是班主任，就把他的学习委员撸了。

狗子闵祥西一听说：还好意思说呢，你当时把我的鼻子都打流血了呢！我长这么大，就跟你打过一回架，所以，和你打架那是我印象最深的一件事！说着笑了。

轮到闵庆景了。闵庆景想了想说：哎，我小时候印象最深的一件事就是小周老师抱了我一下。小周老师，大家还有印象吗？

大家都说有。"小萝卜头"李涛说：当时我记得可清了，小周老师是当时最漂亮的老师，我记得她是一从师范毕业就去咱们学校代咱们的课了！

闵庆景说是啊。她当时在咱们那儿代课的时间不长。我记得可能只是带了咱们一个五年级，她就走了。

闵祥西说是啊，是啊。当时，我还记得，小周老师最爱看画书了！对了，我记得那个时候，苗东常去乡文化站图书室给小周老师拿画书呢！

闵庆景说：我那个时候学习成绩在班里倒数第一。我记得有次小周老师说，你们只要进步，我就奖励你们礼物。大家都要老师的拥抱。后来，老师拥抱了我。就是那次拥抱，她让我流泪了。也就从那以后，我发狠读书了，所以我的成绩进步很快。可后来小周老师没看到我的进步，却调走了！我想，小周老师要是看到我的进步，她一定会再拥抱我的！

"鸭子腚"王勋说：那个时候，我们班的每个男孩子都把小周老师作为自己的梦中恋人。但咱们班中，你说大家最嫉妒的人是谁吗？

阿东问是谁啊？

几个人异口同声说：是你啊！

阿东说：怎么会是我啊？

王勋说：因为你能经常和小周老师在一起。那时，小周老师两个星期回城一次，一到周末了，你就能去办公室和小周老师一起批改作业。

闵庆景说：那个时候，谁要是能和小周老师多待一会儿，谁就会幸福死了！

闵凡旭说：对，是能幸福死了！

王勋说："大熊猫"为了能多和小周老师待一会儿，有时故意来晚，或小周老师讲完题之后故意说不会，好让小周老师再给他多补一会儿课。

阿东说：怪不得呢，那个时候"大熊猫"常迟到呢！原来是这么回事啊！

闵凡旭就有点不好意思起来。说：哎，那个时候我们是情窦初开吧？

闵庆景说：是啊是啊。

阿东说：怪不得那时候全班男同学都对我恨恨的，原来是这么回事啊！

闵祥西笑着说：我跟着你去了一次文化站图书馆拿书，还被他们把我当成叛徒，好久不带我玩呢！

几个人都笑了。

闵庆景说：从小周老师离开后，我一直没有见过她，不知她现在变得怎么样了？你们谁见过她吗？

几个人都摇头。阿东才想说，闵庆景长叹一声说：那个时候常见一个小伙子，说是姓什么的，是个复姓。

阿东说：姓诸葛。

对对对，就是姓诸葛的，常来找小周老师。那个小伙子非常帅。后来不知他跟小周老师成了没有？

大家都摇头说：谁知道呢！

"小萝卜头"李涛说：二十多年了呢！现在小周老师不知变了没有。

也许变得我们都不认识了呢。

闵庆景说：就是时间再久，我也认得。你们难道都忘了，小周老师的眉心有一颗小痣。

大家都说想不起来了，好像是有吧。

闵庆景说：那颗痣是心形的，我一直记得清清楚楚呢！

听到这儿，阿东的心一颤。他说：我最近见到小周老师了。大伙都把眼睛转向他。阿东就简单地把他见到小周老师的情况给大家说了一下。只是他多了个心眼，没有说他请小周老师喝咖啡的事。

闵庆景问：小周老师给你留电话了吗？

不知为什么，阿东摇摇头。

闵庆景就很惋惜：你咋不留下小周老师的电话呢？这样，咱们好跟小周老师联系啊！你下次遇到小周老师，一定要把小周老师的电话留下，我得向小周老师当面表示感谢呢！

阿东说：你放心，下次再遇到小周老师，我一定留下她的电话！……

说完这句话，阿东感到脸上发红，他清楚，这个红，和他喝的酒没关系……

# 第十四章

阿东从他的箱子里拿出几本画书，是一套《铁道游击队》。是六本。他是用透明塑料袋封着的。阿东打开第一本，上有一行题字：赠给苗东同学留念。下面署名是周梅。时间是1988年5月11日。

看着这熟悉的字迹，阿东的思绪飘回到那个美好的日子……

那天是周一，阿东记得非常清晰，那天是个阳光明媚的好日子。天很蓝，大海一样的蓝。这个星期小周老师回城了。上午放学的时候，苗东往办公室送课堂作业，小周老师说：阿东，老师送你样东西。说着，就从办公室的抽屉里拿出这套小人书。这套《铁道游击队》是阿东最喜欢的了。乡新华书店里只来过一次。可他当时只为买《杨门女将》，钱就不够了，就没买。后来又去过乡新华书店，那套画书却卖光了。他记得他当时给小周老师说过，他说：要是钱多，我就买下来了，我最喜欢那个王强了。王强是《铁道游击队》里的主角。里面还有一个芳林嫂的，扔手榴弹她怎么忘拉弦呢，不然那个老鬼子一定会被炸死了。当然他喜欢还有最主要的一点，那就是《铁道游击队》的故事发生在离他很近的东边——枣庄。枣庄离他这儿一共没一百里路。微山湖啊，临城啊什么的，都离他家不远。这是他们这儿发生的故事，并且还是打小鬼子的故事，他怎么能不喜欢呢！

他记得小周老师对他说：你这么喜欢《铁道游击队》，你应该先买它才是。可他当时口袋里钱少啊，就算是连他姐姐阿朵的钱都算上也不够啊！可这样的机会失去了。为此他后悔了好多天。没想到，小周老师把他的后悔记心里了，给他买来了。他感觉，小周老师的心好细，头发丝似的。小周老师说：我给你签字了，送给你的，做个纪念吧！

苗东接过画书说：谢谢，谢谢老师！

小周老师用手抚摸了一下他的头说：该说谢谢的是我啊，你为了老师，下着雨去乡里文化站借书，老师好感动呢！

苗东不好意思挠着头笑了，说：只要是老师喜欢的，我就爱去做。

乡里文化站图书馆的画书也是有数的，就那些本，没用多久，小周老师也就看完了。阿东就开始自己去购买画书给小周老师看。购买画书需要的钱，阿东一是从自己身上省，爸爸和娘给的零花钱他存着；二呢，自己想办法。当时的办法就是，放了学，阿东去拾一些破烂，诸如，绳头、烂布、烂塑料、烂铁块、钢筋什么的，他去卖钱。刚开始时，他一次还能卖个一元五角的，后来，狗子和大懒王他们也开始这么做了，他捡到的就少了。一次也就能卖个三角两角的，他的这些画书就是用这些卖破烂的钱买的。

有一次他和"大懒王"捡破烂捡到一块去了。他看到一段钢筋头，一拃长的，可"大懒王"也看到了。他不如"大懒王"跑得快，结果，"大懒王"拾了先。他和"大懒王"争吵起来，说这段钢筋头是我先看到的。"大懒王"说：你看的有什么用，可是我先捡到的！

狗子也在一旁帮"大懒王"说话。狗子和"大懒王"两人好得穿一条裤子，狗子说：你看到的东西多了，难道都是你的吗？谁先拿到手里，那才是谁的……

看着这一本本画书，阿东仿佛看到那个捡废铁和绳头的孩子那双寻找的眼神。一放了学，做完老师布置的家庭作业，阿东就踏上他的捡破烂之旅……捡破烂是为买画书，买画书却是为了小周老师。想到这儿，阿东的脸上浮出一丝笑意……

第二天上午，姐姐打来电话。姐姐让阿东买后天的车票。阿东问，姐姐，买动车吗？电话那端的姐姐沉思一会儿说，我不想坐动车。那车太快了，快得让我心慌，不踏实。买平常那种吧。

阿东不知道姐姐阿朵怎么了，说是为了省钱，肯定不是。阿东想，也许姐姐是想感觉一下她第一次离开家时的情景吧。阿东就去了火车站售票处。

刚出火车站的售票大厅，阿东看到手机上显示着一个未接电话。售票大厅里人太吵了，阿东没听到手机的铃声。打开看了一下号码，一惊：周梅老师的!

阿东到了一个僻静处,拨通周梅老师的电话。这时,阿东听到周梅老师的声音,那声音仿佛在水里浸泡过,湿漉漉的,潮乎乎的。

阿东说:周老师,我刚才在火车站售票大厅,没有听到你的电话。对不起。

周老师有些慌乱:苗东,你说怎么办?你说我该怎么办?

阿东一惊说:周老师,怎么回事?你慢慢说。

周老师还是那句话:你说我该怎么办呢?

阿东清楚,周老师遇到事了。就说:周老师,你别急,你现在哪儿?我去找你!

周老师说:不了,我静一静,让我静一静吧。之后,周老师把电话挂了。看着没有音响的手机,阿东的眉头皱起来:周老师已遇到事情了。还不是一般的事情。不然,她不会这么手忙脚乱,不会给他这个才见过一面的学生说。到底是什么事呢?

阿东心里很忐忑,他想了想,又拨了周老师的号码。周老师没接。周老师为什么不接我的电话呢?难道是因我接晚她的电话吗?不会的,周老师不是那样的人,她不会那么小心眼。可到底因为什么啊?难道是她丈夫出了什么事?或者她的什么家人?还是她自己出了什么事?要真是这样,周老师的慌乱是可以理解的。往往这时候,也正是需要人的时候,阿东的心提起来。阿东就给周梅老师发了一条短信:周老师,你有什么事,给我说,我会替你去做的。你永远的学生:苗东。


诸葛青是在过了半年后又来的闵家庄小学,看到诸葛青来了,小周老师脸上泛起红晕。那天是周六,本来小周老师计划回县城的。可再过一个礼拜就期中考试了,小周老师就没回去。就在学校里陪着同学们一起复习,现在连星期天都上课了,主要是复习以前学过的课文。当然了,作业就多了。不论是课堂作业，还是家庭作业，小周老师都给批改。小周老师对阿东说：我们要把课堂作业和家庭作业都当成一样的作业来看，同学们做完了，我们都得给他们批改！把他们的错误和不足都给他们指出来，这样，他们进步得好能快！

的确，自从小周老师接手他们班之后，他们班的成绩是直线上升。以前他们班在全乡是数不着的，全乡有小学四十多所，他们班也就是个中游。可这半年来，在年前的期终考试，他们班的成绩已上升到全乡第十名。这是了不起的成绩。当时小周老师喜欢看画书，开始时老古董还有些看法，还觉得小周老师童心未泯，一些老师也有微词。可成绩一出来，这是硬的，老古董也就不再说什么了。

## 第十五章

诸葛青来到时，当时办公室里只有阿东和小周老师。两人正在批改着作业。作业很多，两个人批改得很投入。诸葛青来到阿东身旁，用手抚摸了阿东的头，阿东才抬眼看了说：诸葛叔叔，你，你好！

小周老师也抬起头，脸上现出惊喜：你，你怎么来了？

诸葛青点点头，微笑着说：我的工作安排了，在县委团委里。头几天去上的班！

小周老师的脸色淡了下来，问：安排你做什么？

诸葛青说：不做什么，就是在办公室里，接接电话，跑跑腿什么的。

小周老师点了点头说：好，那很好！

诸葛青说着从包里拿出一叠画书，说：这是我昨天在咱们县里新华书店给你买的，你看看，怎么样？

搁在往常，小周老师早就欢悦了，可今天，小周老师也没惊喜，只是接过，粗翻一下，然后摇摇头，淡淡地说：这些，我都看过了。谢谢你！

诸葛青说：什么，这些你都看过了？不可能吧？

阿东也伸头看了一下摆放在桌上的画书，在心里暗笑一下，这些画书，他都在乡文化站借过。

小周老师说：不骗你，阿东都给我找来看了。

诸葛青听了，用手又抚摸了一下阿东的头，说：阿东，你好样的！

阿东不知道诸葛青这句话内里是什么意思，是赞赏，还是酸溜溜的羡慕，还是明夸暗贬，那个时候他没这么多的心思，他只记得，他听了，有了一些小得意。

当然那些画书诸葛青走的时候都带走了。小周老师去送他，两人边走边说，阿东就尖着耳朵听。娘常说阿朵的耳朵尖，像根针似的。只听诸葛青说：我知道你还对我有气。其实，我那样做，都是为了你！

就听小周老师冷笑着说：为我？是为你自己吧！

诸葛青说：你怎么才能明白我的心啊！你想我愿意那么做吗？不是我没有办法吗！

小周老师说：你找王雨的父亲吧，他有办法！

诸葛青说：你别生气了，我跟王雨断了。你信不？不然这样好不？你下个周日回家，我带你去见我的父母！

小周老师没有说啥。

诸葛青说：我父母是不会不同意我们的。我父母都听我的。

是吗？

要是咱们两家的父母都没多少意见，我想，咱们就先把咱们的事定下来。好吗？

定下来，是不是太早了……

诸葛青说：……

诸葛青再说什么阿东听不到了，从他们的谈话上来看，小周老师对诸葛青有意见，有一肚子的意见。但小周老师还是很爱诸葛青的，不然，不会送他了，不会对他说一些气话了。诸葛青这次来，给小周老师送画书是假，目的是来告诉小周老师，下个周日，让小周老师去他家让他父母见见，然后把他们的婚事定下来。阿东本来以为小周老师和诸葛青散了呢，没想到，他们一直好着呢。阿东心里就有些莫名其妙地烦，心里有一种酸溜溜的感觉，当然这感觉让他的心有点疼。他有点恨诸葛青了！


好久，小周老师回来了。小周老师是唱着歌进来的。现在的小周老师像只快乐的百灵鸟。看着小周老师那么快乐，阿东心里更难受了，他有一种想哭的感觉，他觉得眼里有了泪。泪很清，也很透明，马上要从他的眼眶里流出。他忙用袖子抹。唱着歌的小周老师看到了，问：苗东，你怎么了？

阿东不知怎么给老师说。他要真的把这个话给老师说了，老师肯定要说他是小流氓，不会再搭理他了，就撒谎：可能有小虫子飞眼里去了。

小周老师问：还要我给你翻翻眼吗？

阿东说不要了，一会儿就好了。阿东这么说着，心里就在想，小周老师一定了亲，就永远属于诸葛青了，就是诸葛青的妻子了。她心里就不会再放进去人了。我这么喜欢小周老师，也是竹篮子打水。阿东就在心里大声喊：小周老师，你可知道，我多么喜欢你吗！可是他的这些话说不出口，他只能在心里说。只是泪，哗哗地流了。

小周老师看到了说：苗东，看样是小虫子没弄出来，来，我给你翻翻眼皮。不由分说，小周老师让阿东搬着椅子坐到她跟前去。她让阿东面对着她，问阿东是哪只眼睛眯了？阿东指了指左眼。小周老师用双手捏住阿东的左上眼皮，轻捻手指，上眼帘就翻了出来，仔细看后说：苗东，没有什么啊？

当然，小周老师身上搽的那种叫牡丹牌的雪花膏的香味是那样的尖锐和犀利，深深地刺扎在阿东那朦胧的爱恋上，她让爱恋变得那么萌动，那么坚韧，而又那么持久。直到很久以后，当阿东在和女孩子第一次接触的时候，他就是因为那个女孩子不是搽的牡丹牌的雪花膏而断然拒绝了那个女孩子。

那是一个俊俏的女孩，叫红儿。在媒人眼里，红儿和阿东是天造地设的一双，世界上别找这么般配的了。可阿东见过面出来，就对着媒人摇头。媒人的脸当时就长成丝瓜。问阿东因为什么？阿东什么也没说，只是冲媒人笑了笑。媒人就问随后出来的红儿，问你们刚才在屋里都谈了些什么？红儿一脸的茫然说，什么也没谈啊。

媒人说那怎么阿东出门就摇头呢？红儿想了想说：他问我都喜欢搽什么牌子的雪花膏。我说是鲜艳牌的。他问我咋不搽牡丹牌的？我说我不喜欢那个味。红儿说着一脸的无辜，说，咱这儿的女孩子不都喜欢鲜艳牌子的吗？最后，红儿嘟囔了一句：牡丹牌的那个多贵啊，一袋是鲜艳牌的好几倍，谁搽得起啊！媒人听了深沉地点点头，表示她明白女孩子话里的意思了。红儿看样子是真喜欢上阿东了，眼泪都流下来了，问媒人：我到底哪儿做错了？媒人摇摇头。红儿说：都是我说没看上人家，他是第一个没看上我，说不喜欢我的人！

媒人说是啊，两个人结合靠的是缘分。有的人是有分无缘，有的人是有缘无分。知道《梁山伯和祝英台》这出戏吗？他们是有缘无分；而你们两人，是有分无缘啊！红儿听了，泪就哗地流了……

后来阿东和红袖见面的时候，红袖就是搽的牡丹牌子的雪花膏。虽然红袖的长相要比红儿差好几倍，但阿东就是喜欢上了她。爸爸就说：阿东啊，你这个孩子，唉！

亲戚朋友知道的就说：这是挑花眼了。

娘也纳闷，就问阿东。阿东脸红地告诉娘：我喜欢她身上的味。她身上的味道很好闻。

娘叹了声，娘就知道为什么了，娘就对阿东说：唉！

当然爸爸也是不理解，他知道阿东的审美出现了问题。娘在那天晚上对爸爸说：谁吃谁的饭，谁刷谁的锅，这都是有定数的，看来老天都已给安排好了。

当然了，结婚后的红袖曾问过阿东：听说你以前见过几乎有一连女孩，哪个女孩都比我漂亮，为什么你没看上她们，最终你看上我了呢！

阿东想了想说：我不知道？

红袖说：你的事，你咋会不知道呢？

阿东又使劲想了。之后脸就红了，不好意思地笑了。

红袖低声问：是不是喜欢我皮肤白皙？

阿东脸红了，说：你想哪里去了！我怎么会是那样的人啊！

红袖把眉头拧成了麻花说：那你到底喜欢我什么啊？

阿东说：我喜欢你身上的味。

红袖更不明白了。

阿东说：我记得，那个时候，你身上有一股香味，那香味很好闻，很好闻，我很喜欢那种香味。

红袖嗯了一声，她这才明白，那个时候，她常搽着牡丹牌的雪花膏。因为她也很喜欢这种香。这种香是清香型的，很纯，也很浓郁，不像别的香，冲击力强，霸道，你只要沾上了它，你就会变成了它的俘虏，它就成了你的主人，张狂，张牙舞爪，很有小人得志的得意忘形，它浓烈得似炎炎夏日的太阳，让你无处躲藏；而牡丹牌的香不是，它内敛，雅致，大家闺秀似的，它比梅花的清香还要甜美。梅花的香虽然清，但它烈，有一种不向寒冷屈服的刚烈，不向冬天低头的倔强，不向春天献媚的执拗。牡丹牌的雪花膏的香，温和，谦逊，不争强好胜，不喜欢突出自己，它会配合着人的体香，挥发着人本身的香味，让人身上的自然香味高雅而充满着诱惑。

难道就是因为我搽了牡丹牌雪花膏？红袖对这个答案显然是不大满意的。阿东说出的这个结果让她感觉是玩笑。天底下哪有因为喜欢闻身上的香味而不看容貌就喜欢的？看来，他们是有缘人。她想，不论如何，我能嫁给阿东做老婆，看样子是我前几辈子做的好事多，修行得好，老天在报答我呢！

## 第十六章

阿东接到小周老师的电话，那是刚把姐姐送到火车站。姐姐这次是想坐普通快车。阿东把姐姐阿朵送到车站的候车厅，阿朵就让阿东回了。

当然，在送姐姐的路上，阿东问姐姐：你这次来，都办了什么事？

阿朵笑着说：没办什么事，主要是想家，来看看爸。看看娘，然后再看看你。

阿东说：姐姐，你算了吧，你的心思还能瞒得了我？

阿朵知道阿东在套她的话，就装着很无辜地说：我有什么心思啊？

阿东就笑了，老奸巨猾似的：姐姐，你别觉得阿东小，阿东也是孩子的爸爸了！

阿朵就转守为攻，说：那你说说，姐姐都办了什么事？

阿东笑着说：你真的让我说？那我就说了？！

阿朵说：你说吧，姐姐听着呢！

阿东说：姐姐，你来是见一个人的！

阿朵心里一惊。她没让这个惊在脸上闪出来：我来当然是见人了。办公司的事，跟他们谈事，我不跟人谈还给石头谈？

阿东说：是见了一个你最想见的人！

阿朵说：你、爸爸、娘，都是我的亲人，当然是我最想见的人了！

阿东说：除了我们。还有一个，我不知他是不是你的什么人。但我知道，他是你一生最重要的一个人！

阿朵不说话了，只是长叹一口气，说：阿东，你变得有点可怕了！

阿东笑了，说：怎么样，姐姐，我推理得不错吧？！你是个聪明人。其实，你别忘了，别人也不傻啊！再说了，我是一个写文章的，我最擅长逻辑思维了。

阿朵就说：你看把你能的，这是姐姐的秘密。姐姐只想把它存一辈子，它是姐姐的宝藏，不想给任何人说。

阿东说：姐姐，我知道，有时觉得甜，可有时会觉得很苦。

阿朵就反守为攻：怎么我们这无心无肺的阿东心里也藏着一个人？

阿东说：姐姐，喜欢人，不光是你一个人的权利啊！我也有啊！


送到候车厅阿朵就让阿东回了。爸爸、娘本来也打算来送的，阿朵没让。阿朵说：送君千里，终有一别，千里迢迢地去县城，只不过是为了多待这一小会儿，我今年过年的时候一定回。那个时候，我在家里多待一些时日，也就有了。就只让阿东自己开着他的小破车送到车站。阿朵之所以让阿东把她送到候车厅就让弟弟走，其实，她今天有一个预感，她感觉，小孙叔叔一定会来送她的！……

也就在这时，阿东接到小周老师的电话，电话里，小周老师哭了。小周老师说：苗东，呜呜，我好怕！我好怕啊！我求你，过来陪我一下，好吗？

阿东问清了小周老师的方位，然后驱车去了周梅老师说的县人民医院。

小周老师正在医院门口。手扶着墙，脸上流着泪。整个人像是六月里的一块冰，马上要融化了。

阿东上前搀住小周老师，看小周老师满脸的泪痕，就问怎么回事？

周梅老师从手机里调出一个信息，给苗东看了。信息上写：

周梅，我知道我的病已经没有希望了。在没走之前，我想再见你一面，好吗？

下面署名一个字：青。

周梅老师哭着说：苗东，他，他要走了呀！

苗东满脸疑惑：发信息的这个人是谁？谁呀？

周梅老师说：你认识的，诸葛青！

苗东的眼睛瞪成了一个鸡蛋，说：什么，诸葛青？你没有跟他结婚啊？

周梅老师点了点头。

在苗东心里，他以为周老师和诸葛青已经结合了呢。苗东就问：为什么？

周梅老师用纸巾抹了泪，说：这个，我以后告诉你。今天让你来，就是想让你陪我去病房看一下他。好吗？

苗东知道周梅老师打电话让他来的目地了，就点头说好。之后，苗东买了一些水果，领着周梅老师，来到肿瘤科，找到了诸葛青的病房。

门口有一个女人。看到周梅老师就迎了上去，说：你，来了。

周梅老师看样子和这个女人很熟悉，只是淡淡地点点头，然后问：诸葛怎么样了？

那女人叹了声，泪唰地流下来。她用纸巾拭了拭眼角的泪，然后扬起头说：那个信息是我给你发的。是他让我给你发的。

周梅一惊。

那女人一点表情也没有地说：你去看看他吧。也许是知道你要来，他今天的精神特别好。

周梅看了那个女人一眼，然后拉着阿东进了病房。


诸葛青此时躺在病床上打着点滴。病人此时正闭着眼。苗东随着周梅老师近前看了，他怎么也不敢把这个奄奄一息的病人和他心目中的诸葛青叔叔画等号。那时的诸葛青潇洒倜傥，举手投足都是那么的行云流水，小周老师调走之后，阿东的好多穿着都在学诸葛青，就连用右手打响指这个动作，他也学得惟妙惟肖。

周梅老师的泪啪地落下来，砸在病人的脸上。病人的眼睛猛然睁开了，看到周梅，眼里现出惊喜：周梅，我，我可把你盼来了！

周老师呜咽着说：诸葛，没事的，你一定没事的！

诸葛青笑了一下：我的病我知道。一给我确诊时我就知道了。唉，不知道的时候，怕；现在，一知道了，就什么都不怕了！

周梅老师说：你会没事的，你会好起来的！真的！

诸葛青用嘴努了努苗东：这个是谁啊？

周梅介绍：他是苗东啊，就是我在闵家庄学校代课时的班长。常陪我批改作业的那个！

诸葛青闭了一下眼，之后睁开说：我想起来了，就是那个常给你找画书的小东！

苗东说是的！我就是那个小东！

诸葛青说：二十多年了，我们的第一次见面，可能会成为我们最后的一次。唉，人生苦短啊！说着笑了一下。

苗东说：诸葛局长，我可是见你好多次了，常在电视上见你，没想到的是，你就是小时候的诸葛叔叔！

诸葛青笑笑。

阿东说：诸葛局长，不要乱想。人吃五谷杂粮，哪能没病呢？养养就好了。

诸葛青说：你说的这个话，我也劝过好多和我一样的人。我得的是肝癌，现在已是晚期了，走是早一天、晚一天的事。我只是想在走之前见见我最想见的人，我想把我最想说的话说给她。这样，就是走了，我心里也没什么遗憾了！

诸葛青一口气说这么多的话，显得很虚脱。他闭上眼睛休息一会儿，缓了一口气说：周梅，有一句话，我一直想对你说。

周梅老师流着泪点头说：我听着呢！

诸葛青说：对不起！我对不起你啊！

周梅老师的泪又一次决堤了，说：都过去了，一切都过去了！

诸葛青说：我就想亲口对你说。我就想让你听到我的道歉！我太势利了，我辜负了你！今天落了这个病，这也是对我的报应！

周梅流着泪说：你怎么能这么说呢！我知道，一切都过去了。你要好好地活着，坚强地活下去！

诸葛青笑了：你是我唯一辜负的人。把这句话说给你，我心里就亮堂了。这句话我早就想说给你的，可我一直没好意思说。光觉着，等等吧，没想到，一等等了这么久！

周梅说：那段时间，我恨过你，你是我的初恋，你把我抛弃得这么彻底，我真的恨死你了。可后来，我慢慢平静了，我想，你该有你的生活。

爱一个人，难道就该长相厮守吗，守在心里，不是更美吗？

诸葛青说：所以说，这二十年来，你就一直没有结婚？

周梅点着头说是的。

这次轮到阿东大吃一惊了。他一直以为周梅老师是有先生和孩子的，没想到，周梅老师一直没有结婚。

诸葛青说着眼里滚出泪：这样，我会更痛苦了。我真的没想到，没想到……

周梅说：我自己也没想到。我想，试试自己，爱一个人，到底能有多久。刚开始时，我是在跟自己赌气；后来我就跟时间赌气；再后来我谁也不跟谁赌气了。有人也给我介绍一些优秀的人，我就拿他们跟你比。不比你好的我就不愿意。说到这儿周梅凄然一笑：这样，又失去了一些机会。后来，我就习惯了……

我该死啊！是我害了你啊！

你哪能这么说呢。我这样难道过得不好吗？我其实过得很快乐的，真的，我心里有你！

我们每年都见面的，你为什么不对我说啊？为什么啊？

我不想破坏你的家庭，也不想让王雨伤心。爱一个人，就要让他幸福，我既然给不了你要的幸福，我就不能去破坏它。

那可苦了你了！

周梅摇摇头说：我不苦。真的，我很快乐。因为，我喜欢的人他过得很幸福！

诸葛青说：罪过啊，真的是罪过啊！周梅，我就是来生也还不了对你的亏欠啊！

周梅摇了摇头：你不欠我的，真的，你谁的都不欠。后来我就明白了，很多的时候，我们做的每一件事都是有道理的。就说你娶了王雨吧，你也有你的理由。你的选择是对的……

# 第十七章

走出病房的时候，那个叫王雨的女人在门口泪眼婆娑。她说：谢谢你，谢谢你能来看他！

周梅叹了一声。

王雨苦笑着说：以前我还嫉妒你，还无数次地骂过你，现在看来，我是多么愚蠢啊！

周梅只是冷冷地看着王雨。

王雨说：在师范咱们上学的时候，我给你说过，我一定会得到他。结果，我得到了。我得到了他的身子，却没得到他的心。

周梅哼了一声。

王雨说：周梅，很多的时候，我在想，咱们两人要是一个人有多好啊，这样，我就能整个地得到他了。

周梅看着眼前这个女人。猛然感觉她好可怜，真的，真的好可怜。那一刻，她多年来的怨恨瞬间就似六月阳光下的冰山，轰然倒塌了……

周梅只是走上前去，用手拍了拍她的肩说：王雨，你要保重啊！

王雨点了点头，然后说：你也要保重！

周梅的泪又要流，只是她不想当着这个叫王雨的女人流，一转身，她对阿东说：咱们走走吧。

阿东点点头跟了出去。

阿东就陪着周梅走着。周梅一言不发。只是默默地走。这样走了很久，不知不觉间他们来到了"青春年华"咖啡馆。阿东说：周老师，咱们去喝杯咖啡吧？

周老师点点头：好吧……

周老师还是点的那种不加糖的咖啡。现在，阿东知道周老师喝咖啡为什么不加糖了。他心里有很多疑问，比如，周老师现在真的没结婚？周老师现在还教学吗？周老师怎么生活？……对阿东来说，周梅老师就是一个谜，他想破解它。可这些是周老师的私密，周老师不说，阿东是不便去打听的。阿东清楚，有些事，周老师要告诉的，自会告诉；不愿告诉的，永远也不会告诉他。

周老师搅拌着咖啡，看了阿东一眼，长出一口气，苦笑一下说：苗东，不好意思，我今天失态了。

阿东摇摇头。

周老师又苦笑一下说：是不是觉得老师很苦？

阿东点了点头。

周老师说：开始的时候，诸葛青和王雨结婚的时候，我是苦了一段时间。自己喜欢的人，说好跟自己结婚，可后来却被别人抢走了，心里能不苦吗？

是啊。是苦。

我就恨王雨，更恨诸葛青。他真是个忘恩负义的陈世美！

嗯。

我和王雨是师范的同学。当时我们两人都爱上了诸葛青。诸葛青只跟我好，根本不理睬王雨。有一天，王雨找到我，让我把诸葛青让给她。我问她为什么？她说不为什么，就因为她叫王雨。她想得到的，她一定要得到。

你就拒绝了她！

是啊。我怎么会答应她呢？我怎么能把自己喜欢的人让给她呢？东西可以让，自己喜欢的人，能让吗？

王雨的话为什么说得这么硬？难道，她有什么背景？

这也恰恰是我忽略的地方。我当时认为，两个人相爱，只要有爱就够了。可现实生活中，我错了。王雨的父亲是咱们善县的一个高官。后来的一切，都是他导演的了。

噢。阿东仿佛明白了一些东西。

周梅老师说：这是我后来才知道的。诸葛青为什么能去县里团委，是王雨的父亲暗中安排的。王雨毕业就被她父亲安排进了县妇联。妇联和团委挨着，都在一座楼上办公，这样他们就能在一起了。先把我安排到你们那个闵家庄学校去，也是王雨他父亲做的事，目的就是分开我和诸葛。

真无耻！

哎！周梅长叹一声，后来我才知道，当时说得好好的要跟我结婚的诸葛为什么娶了王雨，就是因为王雨的父亲跟诸葛的父亲做了交易。这交易就是：把诸葛调到县团委去，然后再让他一步一步地升官。诸葛后来答应了王雨。

他们真这么办了。

周梅老师端起咖啡喝了一口，阿东就觉得那咖啡的苦一下子苦到了心。周梅老师咂咂嘴，阿东问：老师，不苦吗？

周老师说：只有苦着，我的心才好受，才不空。说着看着咖啡苦笑一下。

阿东不知道怎么安慰周梅老师，只是问：老师，你没事吧？

周老师摇了摇头说：后来当他决定和王雨结婚时，有点良心发现，就对王雨说，把我调到城里来吧。不然，他不结。王雨问为什么？他说，如果不把我调过来，他心里就不安宁。再说，当时是因为王雨想和他结婚，才把我安排到乡下的，如今他们结婚了，她的目的达到了，就应该把我调回来了！

后来就把你调回来了？

周梅老师点点头，我就是这样回的城。我去你们闵家庄学校时糊糊涂涂，回城也是。后来就把我安排到城郊的一所小学代课。

噢。

我知道他有病，他天天在酒场上泡，在应酬。只是没想到，他的病来得这么快，来得这么凶。这半年多了，我一直为他担心。没想到啊！

是啊。阿东想，作为诸葛青，正值英年，这么大的岁数有这个病，的确是够人难过的！

诸葛青这个人，对阿东来说，他是熟识的。他现在是善县政府一个部门里的负责人，电视报纸上常常露面的。如果不是遇到周梅老师，他根本不会把现在这个诸葛青与二十年前的那个清纯的诸葛青画上等号。看着有点发呆的周梅老师，阿东不知说什么好。而今，除了安慰，他还能说什么呢？

周老师，想开一点，过去的，就过去了。对诸葛青这样的，你付出这么多，我觉得，你有点不值。

很多人都这样说过，包括我的父母。我有时也有这样的感觉。可后来我总是把自己说服，爱一个人，难道就像做买卖一样，追求的是价格公道吗？我觉得爱一个人就是爱一个人，我喜欢他，我爱他也就够了，这是我一个人的事，与被爱的那个人无关。难道，因为喜欢，你就要求对方给你一样多的回报吗？

阿东摇了摇头。

周梅老师说：有时我感觉自己很饱满，一个人，心里只要有爱，那就够了。如果你爱的那个人能真心爱你，那就是美好的。如果你爱的那个人能和你厮守一生，那就是幸福的了！说到这儿，周老师看了看阿东。阿东的目光越来越湿，含着水雾似的……

阿东看了看手机上的时间，他知道，该送周老师回去了……

周老师其实很清醒，一看阿东的举动，她知道，她该回了。她站起身喃喃地说：不早了，该回了……

阿东买了单。陪着周老师走出了"青春年华"咖啡馆。周老师上了他的小破车。他问：周老师，我把你送到哪儿？

周老师说了"阳光帝景"。"阳光帝景"是他们这儿一个豪华的住宅小区，是有钱人住的地方。那个地方无论物业还是房价都是善县最贵的地方。阿东心里存满疑问。他把车开向"阳光帝景"。

离小区的大门口还有一里路，周梅老师就让阿东把车停了。周梅老师说：苗东，停车吧。

阿东把车停了，说：周老师，离门口还有一段路呢！

周梅老师说：我想好好静一下，步行着回去。

阿东下车把门打开，周梅老师下了车。周梅老师用手抿了抿额前的碎发，说：谢谢你，陪了我这么长的时间。

阿东想了想说：你是我的老师，我愿意陪你。

周老师没有听出阿东这句话里的意思，只是又说了一句：谢谢。

周梅老师朝着"阳光帝景"小区的大门走去。看着周梅老师的背影，阿东猛然感觉：他的小周老师，如今，一个身上都是谜。

# 第十八章

之后，阿东去省城参加了一个作家培训班，回来已是十天之后了。这天阿东正在办公室里写一台小戏。手机里的《两只蝴蝶》又开始"亲爱的，你慢慢飞……"看来电显示，是"大懒王"闵庆景的。"大懒王"问他现在在哪呢？他说在办公室。"大懒王"说：我正好在你办公室的楼下呢。看你的小破车在，知道你在办公室。想上去看看你。阿东说好啊，你上来就是。

阿东是善县文艺创作室里的创作员，主要写戏剧小品什么的。每天也不坐班。想来上就上，想不上就不上，但只要把单位和领导安排的任务完成就中。他们的任务有很多都是应急的，比如，到五一劳动节了，县里要举办一次活动，需要小品若干，小戏若干。领导就把任务分解到个人，然后在规定的时间按规定的内容把作品写好交上就行。

闵庆景进了创作室。今天来创作室上班的就阿东自己。闵庆景问：在写什么呢？

阿东说：哎，还是在干"双规"的活。领导早就安排下来了，十一国庆，要我们每人拿一台小戏、一个小品。

闵庆景说：十一还早着呢。慢慢写！

阿东问：你大老板的，一般情况下不跟我联系，今天怎么突然有空了呢？

闵庆景说：今天去参加一个朋友的追悼会，看看天怪早，就先拐到你这儿来了。

嗯。阿东应着，心里有些不舒服。心想，你参加别人的追悼会，却跑到我这里来，也不怕犯忌讳？阿东有些小迷信，脸上就有些怏怏的。

闵庆景知道自己说话有些太敞了，就笑着说：你看我这嘴，这是怎么说话呢！

阿东看"大懒王"闵庆景这么说，知道自己的心思被他看破了，就说：没事没事。揍一揍，十年旺，神鬼不敢上。我不信的！

看阿东这么说，"大懒王"在心里暗笑一下，说：苗东，其实今天来，我主要是来问你要小周老师的电话的！

我还以为是什么大不了的事啊。阿东说：你在电话上说一声不就得了，你看把我弄得，如临大敌！

闵庆景笑着说：我来，不是显得对这事郑重吗？！

阿东想了想，说：小周老师住哪里我不知道。她只说给我打电话，我一次也没接到过呢！

闵庆景的脸拉长了：真的？

阿东理直气壮地说：我什么时候骗过你？！

闵庆景正要说啥，阿东的手机铃声响了，是小周老师的电话。阿东看了看闵庆景，想了想，按下接听键。

小周老师：苗东，你在哪里啊？

阿东看了看闵庆景，然后说：我在办公室。

听声音，小周老师很焦急：你能出来陪我一下吗？今天上午，诸葛青要走了。我想见他一面。送送他。不然，以后就永远没有机会了。

阿东问：什么，诸葛走了。诸葛走了？什么时间走的？

小周老师说：前几天。今天在殡仪馆举行向遗体告别仪式。我一个人去好害怕，想让你陪我，好吗？

阿东想也没想说：好。我在哪个地方等你？

小周老师说：我上次下车的地方。

阿东说我知道了，我马上过去！

关上手机。阿东问闵庆景：我问你个事，诸葛局长是什么时候去世的？

闵庆景反问：你不知道？

阿东说：我去省里学习去了，昨天刚回。

闵庆景说：诸葛局长去世有五天了。怎么，刚才谁的电话？

阿东想了想，说：你知道这个诸葛局长是谁吗？

闵庆景问：谁啊？

阿东说：你还记得，小周老师在咱们村学校教学的时候，常去给她送画书的那个小伙子吗？

闵庆景说：咋不记得？记得！小伙子长得很帅，不是小周老师的恋人吗？

阿东点了点头。

闵庆景猛然明白了：怎么，难道，这个诸葛局长就是那个小伙子？

阿东点了点头。

闵庆景说：今天上午在殡仪馆里举行诸葛局长的追悼会。诸葛局长人不错，也有能力，口碑也好，哎，不然，下次换届他就会是副县长。真是天妒英才啊！

阿东想了想说：刚才给我打电话的是小周老师。

是小周老师？

阿东点了点头。

小周老师怎么说？

她让我陪她去开诸葛局长的追悼会。

噢。小周老师在哪儿等着你？

阿东问：你想见小周老师吗？

闵庆景点点头。

阿东说：那你就跟着我吧！

闵庆景说好！……

阿东来到上次周梅老师下车的地方，周梅老师已在那儿等着他了。阿东停了车，闵庆景也停了车。之后闵庆景就走下车，跟在阿东身后叫了声：周老师！

周梅老师看了一下闵庆景，眉头皱了一下。闵庆景说：周老师，我是你的学生闵庆景啊！

周梅问了声自己：闵庆景？闵庆景是谁？

闵庆景很尴尬，才想给周梅老师解释，阿东用手示意了他。闵庆景明白，现在不是解释的时候。

之后周老师上了阿东的车，平静地对阿东说：去殡仪馆吧！……

殡仪馆里哀乐阵阵，两旁摆满了花圈。花圈好多，摆了好远一段路。

阿东随着周梅老师走了进去。周梅老师出奇的镇定。她缓缓地走着。诸葛青的妻子王雨看到了她，哭着说：你，来了？

周梅老师点点头：我来送他一程！

王雨说：好。

周梅来到鲜花簇拥的遗体旁。诸葛青肯定化了妆，脸上红红的，看着看着，周梅老师再也支持不住了，她一下子就要瘫倒，就在这时，阿东身边的闵庆景一个箭步跨过去，他抱住了周梅老师。

之后闵庆景在周梅老师耳边说：周老师，坚强，你要坚强啊！

看着在闵庆景怀里瑟瑟发抖的周老师，阿东心里，晔地落泪了……

之后，阿东再也没有收到周梅老师的电话。阿东一直想，是不是给周梅老师打个电话，问问她。怎么问？他一直不知怎么问。

只是，他没事的时候，常喜欢开着他的小破车到"阳光帝景"那儿去，希望再遇到周梅老师。可一次也没遇到。

直到第二年的春天，阿东去参加完姐姐阿朵的婚礼回来。他和妻子红袖开着他的小破车回家，在公园处，他看到了周梅老师。

周梅老师和一个男的在一起散步。那个男的阿东一看背影就知道是谁。

阿东把他的小破车故意开得很慢，始终离两人有三十多米。那个男人对周老师很体贴。

直到周老师和那个男的拐到另一条路上去，阿东才加快车速。惹得妻子红袖直报怨，说：你神经兮兮的，哪根神经搭错了？

他对着红袖一笑，突然问了红袖一个问题：你还记得咱第一次见面的时候，你搽的什么牌子的雪花膏吗？

红袖被问了个愣，说：过去十几年了，谁记得？

阿东说：我记得，你用的是牡丹牌的！

这次轮到红袖大吃一惊了！

阿东看着惊讶的红袖，在心里笑了一下。他踩了一下油门，车子向前方驶去……

阿东要回家做一件事。


就在那天晚上，阿东把那箱子画书，一本一本都用透明塑料袋装了，摆放到箱子里。然后，他把这箱子画书又重新放到原来的那个隐秘地方……